捕心者

心理医生见闻录

MIND
CATCHER

秦江 著

当代世界出版社
THE CONTEMPORARY WORLD PRESS

图书在版编目（CIP）数据

捕心者：心理医生见闻录 / 秦江著. —北京：当代世界出版社，2018.9
ISBN 978-7-5090-1425-7

Ⅰ.①捕… Ⅱ.①秦… Ⅲ.①长篇小说—中国—当代 Ⅳ.①I247.5

中国版本图书馆CIP数据核字（2018）第171932号

书　　名：	捕心者：心理医生见闻录
出版发行：	当代世界出版社
地　　址：	北京市复兴路4号（100860）
网　　址：	http://www.worldpress.org.cn
编务电话：	（010）83908456
发行电话：	（010）83908409
	（010）83908455
	（010）83908377
	（010）83908423（邮购）
	（010）83908410（传真）
经　　销：	全国新华书店
印　　刷：	北京盛彩捷印刷有限公司
开　　本：	710毫米×1000毫米　1/16
印　　张：	16.5
字　　数：	210千字
版　　次：	2018年9月第1版
印　　次：	2018年9月第1次
书　　号：	ISBN 978-7-5090-1425-7
定　　价：	49.00元

如发现印装质量问题，请与承印厂联系调换。
版权所有，翻印必究；未经许可，不得转载！

Contents 目录

引 子

第一章
救治自杀者
鬼门关前的拉锯战

旗开得胜　006
汪倩丽的故事　009
新环境　013
与刘军交流　014
治疗　015

第二章
他的性倾向
那看不懂的暧昧

男人是什么　018
同性恋味道　020
美男子王荣　022
两边摆平　024
打开话匣子　025
童年港湾　026
宋伟往事　027
林子大了　029
与宋伟相识相知　031
并非好色　033

治疗方案　034

公司成功上市　035

有个词叫基因　036

人心有多深　038

票选帅哥　039

心灵抚慰　040

乞丐苏格拉底　042

治疗锦囊　043

曹猛失眠　044

少知道为妙　046

车祸　047

后面的事　048

第三章
恋足癖患者
难以启齿的爱好

把关　053

是通病吗　054

摘下墨镜　055

恋足男人是块宝　057

第四章
精神分裂了
疯子的世界光怪陆离

参加破案　065

专家是这样炼成的　066

段青　067

重大嫌疑　070

诱发因素　073

真相　074

质疑　075
心理治疗　076

第五章
怎么会焦虑
红尘本是烦恼的染缸

我的焦虑　081
别人的焦虑　083
真正焦虑症患者　084
关于焦虑症　086
治疗五招　087

第六章
阴暗性偏好
露阴是不能自控的病

暴露真爽　096
引导　098
行了　099
另一个故事　101
遇见臭流氓　102
调戏弟媳　103
接受任务　105
蛛丝马迹　106
苦命的巧莲　107
分析　109
治疗　110

第七章
真假抑郁症
乱贴标签不可取

真抑郁　115
A女故事续　116
又是假抑郁　121

第八章
两个恋物癖
对女人衣物兴趣异常

第一个患者　126
女工内衣被偷　128
用贼抓贼　128
窃贼是熟人　130
心上人的过往　131
宋丽复仇　133
现实很骨感　137
故事的高潮　138
成恋物癖患者　140
治疗　141

第九章
爱情的迷失
动真情易得心病

开启三角恋情　147
八个片断　149
情执　151
另一个故事　155

第十章
变态的杀手
杀戮为乐动机难析

劫持人质　170
了解过去　172
回忆理论　173
主动请缨　173
现场处置　176
这个杀手不杀人　179

第十一章
非正常人格
不是情商低而是心理异常

反社会人格　184
偏执型人格　191
表演加边缘　196

第十二章
身心失控了
五花八门的强迫症

洗澡停不下来　206
治疗强迫观念　210

第十三章
戒不掉的瘾
生活被弄得一团糟

性瘾　215
减肥瘾　217
网瘾　222
另类性瘾　225

第十四章
睡眠那些事
失眠和梦游都不好玩

内心的秘密　232
梦游　235
没有无缘无故的失眠　238

第十五章
犬性迷恋症
心理医生与病人说不清的事

夏天　247
冥想　248
恋爱的感觉　251
犬性与移情　253

后记

引　子

"哐啷，哐啷。"火车一路向西，穿过一个个山洞，在峡谷间飞驰。雨后初霁，一切清新。我望着窗外的风景，有种逃离城市的惬意。

我叫秦海心，大学中文系毕业，怀揣文学梦想，宅在家中写小说。把写作当成爱好，陶冶情操，放飞一下心灵，还是挺不错的，但要靠写作挣钱，太难！

我男朋友是心理学研究生，毕业后开了个心理咨询所，生意说不上多红火，但还过得去。他挣的钱除了我俩的吃穿住用，还略有剩余。我这次去西部，没有跟他说，因为我俩吵架了，或者说严重点——分手了。

同居几年，彼此太熟悉，那份新鲜感早已丢到爪哇国。在不经意的日子里，磕磕碰碰出现了，量的积累终于在某一天酿成质变。

那天，争吵几句后，他一脸严肃地说："你不挣钱，吃我穿我，就是一条寄生虫。"

我脑壳短路了，未加思考便说："我白天给你做饭、洗衣，没白吃。"说完，我就后悔了，本想表达的意思是分工不同，大家都出了力，但我的语言说出来，自己都感到有点不对。

想起当年，我还在读大学，有段时间因写作感到压力山大，睡眠不好时，读了许多心理学的书，再到医院精神科检查，患了焦虑症。就是在那家医院，我遇见了正在实习的他。他对我非常热情，引导我抛开压力。后来，就成了我的男友。

原来，我认为心理医生很神圣、很崇高，爱上他，一半是因为他从事的这个职业。当爱的激情消退，冷静地看待对方时，觉得他也只是个普通人，是个有缺点，也许还有几分自私的普通人。

我不能原谅，他用这种口气蔑视我挣不了钱，为了维护我那受伤害的自尊心，我提出分手。当他意识到问题的严重想挽回时，我已上了火车。

我这次去西部，不是去舞文弄墨，而是去当心理医生。与男朋友交往这几年，他天天跟我讲案例、治疗之类的，我也成了心理医生。上个月，男朋友出差耽搁两天，心理咨询所照样开门，由我临时接管。

一个阴雨天，一位穿风衣的男子走进诊所。他从衣袋里掏出一张名片——西部矿区有限公司总经理宋伟。这位宋总经理冒充病人，到咨询所坐下后，朝"国家二级心理咨询师"的牌子看了看，然后指着牌子说："你是国家二级？"宋伟咨询了几个心理问题，我对答如流。看样子，他对我的回答挺满意。

"你这个水平，我看应该是一级咨询师。"

我笑答："在我们国家，二级是最高的了，没有一级。"

"哦"了一声后，宋伟慢吞吞地说明了来意：他是来挖人的，因为他的矿区医院需要一位心理医生。

"您那边条件很艰苦吧？"

"是啊！地处偏僻，条件艰苦，但你去的话，薪酬还行，保底四千，咨询费提成百分之五十，估计每月收入七八千。"

"对于我来讲，工资高低不是问题，我更看重的是您那里是否有患者，让我积累心理学实战经验。"这话一半是真的，另一半没说出来——病人少，我的收入如何保障。

宋伟打包票说："我那里的人，来自五湖四海，有高级知识分子，更有挖矿的农民工，还有刚从牢里放出来、在城市里找不到工作的人。我可以这样说，有心理问题的比例，比城市里的人群高多了。"

我收起名片说："我考虑一下。考虑成熟了，跟您联系。"其实那时我并不想去，只是不好当面拒绝而已。

火车到站了，来接站的人竟然是宋伟。我心想，我又不是什么大领导，派个司机来接就行了，用得着总经理亲自出马吗？一个人闯世界，我得保护自己，事事谨慎。对那些过分热情的人，我得防着。

他走近越野车，为我拉开副驾驶的车门。我没领情，行李放好后径直坐上后排座位。宋伟大度地笑了笑，开车去了。

一路上，宋伟介绍，矿区位于一片原始森林边缘，二十年前才开始开发，职工有七八千，加上家属上万人。由于远离城镇，为解决就医问题，矿区有一个小医院，四五名医生，六七名护士。其中，还有一名神经内科的医生，可开抑郁、焦虑等精神疾病的药。

越野车在崎岖的山路上颠簸近两小时，待我快晕车时，到矿区了。

我刚一下车，就听见有人焦急地道："宋总，汪倩丽要自杀，站在楼顶边好久了！"

宋伟应了一声，然后对我说："汪倩丽精神有问题，要死要活几回了。秦医生，既然把你请来，就该你大显身手了。"

我对汪倩丽的情况一无所知，怎么处理？但此时此事，我能推脱吗？显然不能！不得已之下，我来不及观察周边环境，就投入一场应激处置中。

MIND
CATCHER

第一章

救治自杀者——鬼门关前的拉锯战

汪倩丽是谁？又因何事要跳楼？

我对她一点都不了解，去劝她别跳，从何开口？心理医生不是万能的。如果要将她拽下来，找个壮汉去比我更合适。

宋伟，也许还有其他人，对我这个初来乍到的心理医生寄予厚望。如果刚到这里遇到应激事件就躲躲闪闪，后面的工作又如何展开？去，到现场看看，视情况再说吧。

我的脑海里闪入一部电视剧情节：一个抑郁症患者在跳楼之前，打电话给心理咨询师。心理咨询师说："千万别跳，如要跳，我过来陪你一起跳。"镜头一转，心理咨询师急匆匆出门，一路风驰电掣地来到患者所在的楼顶；就在这时，患者往下跳，心理咨询师抓住她的衣角，再说几句煽情的话。

就专业角度而言这是部烂剧，这个导演根本不懂心理咨询这一行。作为一个心理咨询师或者说心理医生，在任何情况下都要淡定。患者急，但我不能急。我调整了一下心绪，不慌不忙地随宋伟向现场走去。

旗开得胜

公司办公楼位于夹皮沟中央，靠山而建，虽只有八楼高，说不上雄伟，装饰也简单，但与矿区低矮的家属区相比，这里已是最高的建筑，有鹤立鸡群之感。公司所有的行政管理部门，包括医院都在这里。

汪倩丽站在楼顶，面向山峰。

现在还是上班时间，工人们大多在工作岗位上，看热闹的并不多。偏僻矿区出了这种事，没有消防车的报警灯闪烁，也没有人来拉防坠垫。

楼里没电梯，宋伟大步流星地往上走。我紧跟着，累得气喘吁吁。

到了楼顶，见七八个人远远地看，小声议论。

"怎么个情况？"宋伟问。

一个中年妇女答："宋总，她在这里站了一个小时左右了，不准人靠近，也不准人去劝，她说谁要去劝，就跳下去。"

宋伟说："我去试试。"

宋伟正要迈步，我不知从哪里来的勇气，一把拉住他说："还是我去吧。"

见宋伟有些迟疑，我解释："如果一个人真想死，不会因为你是总经理而停止自杀。我是心理医生，这个时候我去比你更合适。"

宋伟止住脚步，点头同意。

我轻步向前，只见汪倩丽长发披肩，身材苗条，凭感觉，这姑娘有几分姿色。

汪倩丽感觉有人过来，没回头说："别过来，别来劝我，谁劝都没用。"她的声音有些哽咽，但语言还算连贯。

我灵机一动，答道："我不是来劝你的，我是来请你帮忙的。"我一直都讲普通话，自我感觉声音比较温柔。

"帮忙？帮什么？我马上就要死了，能帮你什么？"显然，我的话吸引了她的注意，牵引了她的思维，第一步成功了。

我缓缓地说："我是你们这里请来的心理医生，今天刚来，还没上班就遇到你这件事。说实话，我只知道你叫汪倩丽，除此之外对你的情况一无所知，我不知道如何劝你。别人来劝，你根本不要别人接近。我想请你帮忙，就是让我走近一点，和你说上几句话，哪怕聊一会儿后你再跳。那样，这里的人就感觉我有不同之处，以便今后开展工作。"

说到这里，我停了下来，汪倩丽没出声。她没否定我，这是个好现象。

"我虽然第一次见你，但凭感觉，你是善良的，帮帮我好吗？"我趁热打铁。

"好吧！你叫他们走开。你离我必须在十步之外。"倩丽依然没回头。

我朝宋伟挥挥手，示意他们全部离开。宋伟轻声招呼众人下了楼顶。

我往前走了点，大概离她十步远处停了下来，问道："你现在要去死，是为什么？"

汪倩丽答："当然是为了解脱痛苦。"

我又问："那痛苦是什么？"

汪倩丽语塞，看样子不知道怎么回答。

我接着开导："痛苦存在于灵魂的认知，而灵魂不死，意识不灭，也就是说，痛苦是不会死的，就算死了，意识也是存在的。汪倩丽，我必须告诉你，你上了自己的当了，死解脱不了痛苦，因为死后痛苦仍然存在。"

"那快乐去死，死后痛苦是不是不存在了？"汪倩丽声音细柔，但说话不像先前那样哽咽了，这又是个好现象。

"这个问题我一定会告诉你。但你现在要听我的，做深呼吸。"我引导她呼气、吸气。

做了几次后，她的情绪有所舒缓。

"汪倩丽，只要你快乐着，生死都没关系。现在你要做的，是使自己快乐，当你走出痛苦后，你可以选择生，也可选择死。"

汪倩丽仍不说话，像是在思考。

"这里风大,我穿得不多,时间长了会感冒。这样,我们到墙角背风处坐下来聊聊。聊完了,你再做选择。"

她可以不说话,但我必须继续说,引导她的正面思维。

汪倩丽犹豫几秒钟,跟我到背风处坐了下来。

我与她聊了几句快乐与痛苦的话题,然后话锋一转说:"妹妹,你生活中遇到什么问题,或者你心中有什么苦,就尽管说出来吧!我是心理医生,会尽力帮助你的。"

汪倩丽嗫嚅着说:"我是遇到了问题,但我不知道该怎么办,也不敢跟丈夫说。"

我用温柔却坚定的语气说:"要说出来,必须说出来!说出来了,即使解决不了问题,也会痛快的。"

汪倩丽流泪了,小声抽泣。

"哭吧!把我当亲人,哭出来就好了。"

"呜——呜——"汪倩丽哭了起来。

这时,宋伟来了,同他一起上来的,还有一个穿警服的人。汪倩丽没看见他们,我摆摆手,示意他们走开。

哭,是对负面情绪的释放。她哭了,至少今天她不会自杀,应急处置成功。哭了一阵后,汪倩丽情绪好了一些,自己擦了擦眼泪。接下来,她给我讲了一个隐藏在内心深处的秘密。

汪倩丽的故事

离汪倩丽家不远有条小河,名叫桃水溪,这里盛产黄金。十年前,国家还没规范作坊式淘金,于是河的两岸出现了许多采金小老板。

淘金这活不好干,风险太大。听说一个广西商人投资两千万,采买了机器，组织人员向下挖了一两百米，一粒金子都没挖到，只得自认倒霉。也有运气好的，投资一二十万，在河滩上挖了个洞，搭个梯子，高薪雇佣当地村民从洞里背河沙上来。如背上来的河沙含金量高，几个月就能赚上百万。桃水溪的金河坝流传着许多暴富的传说。

在巨大的利益面前，金河坝汇集着各种想暴富的人，有挖金的、有贩金的，还有抢金的。

汪倩丽的父亲本是一个店铺小老板，赚钱虽不多，但能管全家人吃饱穿暖。汪倩丽是独生女，和大多数孩子一样，在父母的呵护下度过了幸福的童年。

就在汪倩丽读初一那年，父亲经不住诱惑，卖了店铺，凑了二十几万参加淘金豪赌。

汪父运气不错，一个洞还没挖到三十米，就采到了高成色的金沙。但他还没高兴几天，就麻烦不断。当地一个叫"小火焰"的黑社会头目，先是收保护费，后来胃口越来越大，居然提出五五分成。汪父当然不能答应，两方矛盾急剧上升。

有一天晚上，汪倩丽上晚自习回家，嗅到一股血腥味。妈妈从厨房出来，将她推进内屋，说家里杀了只鸡，有点味道。

为什么在晚上杀鸡？汪倩丽本想问，但看见妈妈表情凝重，便不敢问了。凭直觉，她感到家里出了大事。

多年后她才知道，在那天晚上，"小火焰"持刀到家里勒索，与父亲彻底谈崩了。不知谁先动的手，两人打了起来。打斗很快结束，也许是父亲运气好，他杀死了"小火焰"。母亲从内室出来，见到这一幕，惊骇之后，帮助父亲将"小火焰"的尸体拖进厨房。父亲肢解尸体，母亲打扫血迹。这些事刚做完，汪倩丽就上完自习回来了。

汪倩丽觉得家里气氛有些异常，但在母亲的哄骗下，也没多想。

第一章
救治自杀者——鬼门关前的拉锯战

当天晚上，父亲用一只大皮箱分两次将"小火焰"的尸体提出去掩埋。

"小火焰"失踪，其家人报案。公安局安排侦察员老魏负责侦破。由于"小火焰"与汪倩丽的父亲是单线联系，出事那天，他到汪倩丽家中敲诈，并没告诉任何人。也就是说，没留下多少可供破案的线索。案情陷入了僵局。

杀人是重案，没有追诉期。几年后，老魏退休了，他把此案交给刚从警校毕业的刑警刘军。

这个世界上，做任何事情都会留下痕迹。汪倩丽的父亲掩埋了"小火焰"的尸体后，将皮箱换了个地方掩埋。八年后，掩埋皮箱的地方修输油管，推土机将皮箱推出来，正好有个拾荒人经过将箱子捡走了。当天晚上，拾荒人用焦炭生火取暖，因临时住房空间太小，又没有门窗，半夜中毒死亡。刘军来到现场，无意中看到皮箱，打开仔细看，箱内依稀可见血迹。凭职业敏感，刘军对皮箱产生了兴趣，顺藤摸瓜，找到了皮箱的主人，也就是汪倩丽的父亲。

一个大雨滂沱的夜晚，刘军突然出现在汪倩丽家里。一番对质后，汪父承认了杀死"小火焰"的事实。汪母拿出家中所有的存款和首饰，想私了此事。刘军不为所动。

汪母跪了下来说："此事只有你一人知道，你不说出去，我们就过去了。再说，'小火焰'是黑社会头目，我老公杀了他，也算为民除害。"

刘军说："警察的天职是维护法律的尊严，我不会徇私情。"随即打电话叫来两名同事，把汪倩丽的父亲带走了。

汪父一个人顶下了所有罪名。汪母虽然没被抓，但身心备受打击，身体日渐虚弱。当法官宣判汪父被判死刑，立即执行后，她再也支撑不住了。

汪倩丽在外地读大学，假期回家，看到病床上的母亲，才知道家里出了天大的事，不禁失声痛哭起来。

母亲告诉她："使全家人命运逆转的，一个是黑社会的'小火焰'，另一个则是刑警刘军。"

假期没过完，母亲去世了。仿佛在转瞬间，汪倩丽就失去了双亲，家毁人亡。她觉得命运对自己太刻薄。她的心理发生的偏误，就像一个输红了眼的赌徒，想捞一些本钱回来。可悲的是，她将"捞本钱"的对象，锁定为刑警刘军。

有一天，刘军在上班途中，被一个骑电瓶车的姑娘撞了。自己倒没什么大事，但姑娘车翻了，摔进了路边的沟里，膝盖受了伤。刘军向来助人为乐，再说这事与自己有关，于是立即将姑娘送到医院。在医治过程中，刘军得知姑娘大学刚毕业，正在四处寻找工作。

不用多说，这个姑娘就是汪倩丽。她设计这个特殊的"碰瓷"，就是为了接近刘军。

汪倩丽喜欢看武侠小说。在小说里，有些女侠为了报仇，索性嫁给仇家。汪倩丽认为，你刘军害得我全家这么悲惨，使我郁郁寡欢，我要叫你加倍偿还。自己一个弱女子，怎么报仇呢？唯一的办法就是接近你，然后嫁给你，再抓住你的弱点，找到你的痛点，使你难受一辈子。

何其荒唐？这个故事不是出现在小说中，也不是发生在古代，故事的主角就在我面前，她还是一名大学毕业生。看来，一个人智力健全并不算成熟，心理健康才算真正长大。

刘军和汪倩丽结婚了。婚后，他对妻子关怀备至，呵护有加。汪倩丽没有找到刘军的弱点，也没找到痛点，反而觉得刘军是个好男人，生活的点点滴滴不断触动着她敏感的心。

嫁给仇家，然后爱上仇家，这种小说中的情节，却在她的人生中上演。汪倩丽茫然，不知道今后该何去何从，也不知道活下去的意义何在。

她，抑郁了。

新环境

同宋伟一起上来的警官，就是汪倩丽的丈夫刘军。我与汪倩丽交流结束后，刘军把她接回家。

办公楼的二楼是医院，宋伟把我带去向全体人员做了介绍。医院小，没分科室。院长姓孙，东北人，面相憨厚，医生护士均叫他孙老大。能开精神药物的医生姓王，原是某县医院神经内科主任医师，被挖过来的。宋伟忙，说了几句场面话就匆匆走了。

孙老大带我参观心理咨询室。这是一个隔出来的小间，大概五六平方米。一把藤椅、一个茶几、一张木质长沙发，就是全部家当。房内既没有装饰，也没有绿植。虽然简单了些，但无所谓，毕竟能单枪匹马开展工作了。

我的住处安排在平房区。或许怕我孤独，或许从安全角度考虑，医院安排护士楼虹与我同住。

孙老大说："楼虹也是刚来，从明天开始，她的主要工作就是给你和王医生打下手。"

楼虹是四川人，刚从护士学校毕业，长着一张苹果脸，一说一笑的，几分萌相。再加上她有一张甜嘴，对我姐姐长姐姐短地叫着，挺招人喜欢。

医院包吃包住，至于伙食只能说一般。不过我到这里是来工作的，或者说是来挣钱的，而不是来享受的，暗暗告诫自己别太挑剔，能吃饱就行了。

晚饭后，在楼虹的协助下，我把床铺好，本想出去溜达，熟悉一下周边环境。这时，刘军来了。看来，他的确关心汪倩丽，是个好丈夫。

楼虹拿出两把椅子，我和刘军坐在花台旁，聊了起来。

与刘军交流

"自从结婚以来，我感到妻子情绪低落，言语减少，不大愿意出门。有时看着窗外发呆，甚至一个人悄悄地流泪。最近几个月，她三次自杀。第一次是服药，幸好发现得早，到医院洗了胃；第二次是跳楼，我趁她不注意，将她抱下来；第三次被你劝下来了。种种迹象表明，她患了抑郁症。"

"抑郁症是一种广为人知的精神疾病，但人们对抑郁症的理解不尽相同。临床心理学中所理解的抑郁症，通常是指重性抑郁障碍。它最主要的特征有两个：一是每天大部分时间心情抑郁，比如你所讲的一个人悄悄落泪；二是原来感兴趣的事情，现在也不感兴趣，整个人没活力了。"

"对，对！这两个特征她好像都有。"刘军也许是性子较急，也许是太关注妻子的病情，我话音刚落，他就接上话了。

"其实，只要有这两个特征中的一个，再加一些其他症状，就可以初步判断为抑郁症。"

"其他症状有什么？"刘军急着问，关切之情溢于言表。

"抑郁症的其他症状较多，比如失眠、体重明显降低或增加、行动迟缓、感到疲倦、注意力不集中、缺乏自尊、觉得自己没有用，等等。"

"这些症状总体来说是有的，比如睡眠不好、食量减少、体重下降，还有就是自杀念头很重，弄得我上班都不安心。"

"结了婚的抑郁症患者还有一个显著变化，就是失去了'性趣'。换言之，对夫妻生活都不感兴趣了。"

刘军腼腆地微微红脸，说："这个……这个是有点吧。"

我见他不好意思，就换了话题，安慰说："抑郁症是常见的心理疾病，相当于精神感冒。据世界卫生组织统计，全球有大约3.5亿人患抑郁症。在中国，随着社会竞争的加剧，抑郁症发病率呈逐年上升趋势。所以说，你也别太着急，得抑郁症并不可怕，只要及时治疗是能治好的。"

刘军忙问："如何治？"

我说："从以往的医疗实践看，重度抑郁症患者，一边服药，一边心理引导，效果最好。这样吧，你明天带汪倩丽到医院，先做过心理测试，再到王医生那里开些抗抑郁的药。"

治疗

第二天，夫妻俩来到心理咨询室。一个小时后，心理检测报告出来，抑郁测试得0.87分。

我解释道："0.4分为基本分，0.5~0.6分为轻度抑郁，0.6~0.7分为中度抑郁，0.8分以上为重度抑郁。"

我引导他们夫妻俩，要正确面对病情，要有战胜疾病的信心和勇气。总结一下，我的心理疏导方案可归纳为三点。

第一，树立信心。我告诉他们，抑郁症是可以治愈的。程度较轻的抑郁症患者，心理疏导就行了。汪倩丽达到重度，需要服药和心理疏导同时进行。服药时间较长，半年为一个疗程。心理疏导视情况而定，原则上每周一次。如有什么突然想不开的事情，随时可以找我。

第二，疏理观念。刘军是认真履行职责，汪倩丽父母的确触犯了法律。故她对丈夫不应是报复，也不应是谅解，而应该是理解或赞赏。同时，我要她换一个角度去感恩。感谢命运，感谢上苍给自己送来了一个好老公。要接纳现实中的自己，要接受刘军妻子的角色，过一种踏实而欢快的生活。此外，要学会感动，学会享受老公的爱，而不是逃避感动与爱。

第三，丈夫配合。我告诉汪倩丽，她的丈夫是一个好人，与他好好谈一下，讲清楚事情，他一定会理解。他们夫妻俩可以一起去旅游或参加体育运动，比如由丈夫陪同，去练练瑜伽或坐禅，以此放松身心，提高睡眠质量。建议他们找时间到父母坟前作一些生死交流，进一步打开心结，消除心中的误解。

把汪倩丽的事处理完，已是下午时分。我闲下来，翻开瑞典作家阿金里·蔡普的《同志的世界》。正当我沉湎于这部同性恋小说的情节时，有人来敲门。我本能地抬头一看，进来的人是宋伟。

我笑着问："宋总，您来视察了？"

宋伟的表情有些神秘，又有些不好意思地说："我也有心理问题，来咨询。"

我略为夸张地说："哇！我们的宋总经理也有心理问题？"

宋伟说："此事，说来话长。"

MIND

CATCHER

第二章

他的性倾向——那看不懂的暧昧

昨天晚上，男友打来电话，问我到哪里去了？

我回答："我到哪里去了，关你屁事！我们已经分手，你少操这份闲心。"

在他再三追问下，我才说出了矿区所在的县城名字。他熟悉地理，知道这个地方是汉、藏、回族杂居之地，偏僻荒凉。冷不防，他冒出一句："你到那里去干什么？莫非想找一个少数民族的男友？"

我故意气他，说："那也比找你这个伪君子强。我离开了，把空间腾出来，你好去骗下一个女病人。"

男友慌忙解释，说他对我如何好，又是如何担心我，云云。我见他说得有几分真切，就半开玩笑半当真地说："我到这里是来当心理医生，积累实战经验，今后杀回去，开家心理咨询所，抢你的饭碗。"

抢他饭碗是假的，但今后回去当心理医生是真的。我这人性格犟，认准了的事情，就一定要做下去。

男人是什么

我一个女孩子，来到这个陌生的地方，面对一群陌生的男人，我得保护自己。我得用警惕的眼光打量每一个男人，包括眼前这个道貌岸然的宋伟。

宋伟坐下后，我给他倒了杯水。他正要说话，手机响了。他指了一下手机说："不好意思，我去接一下。"

宋伟并没走远，在走廊深处边接电话，边踱步。对于电话的内容，我不感兴趣。宋伟喜欢笑。他的笑，不是完全放松的开怀大笑，也不是绷紧肌肉的皮笑肉不笑，而是那种看似自然，而又显得心机深沉的笑。

按理，矿区医院需要一名心理医生，给院长交代一下就行了，用得着他这个总经理亲自考察，亲自挖人吗？人挖来了，用得着他亲自到车站来接吗？过于重视了吧！热情超过一定的限度，就使人对他的心理动机产生怀疑。

我一向认为，心理医生与算命先生有相通之处，都要善于察言观色。当一个服务对象进来时，就要观察他的衣着打扮、气质修养等，从而得出一定的判断。

宋伟上穿灰色休闲西装，下穿牛仔裤，皮鞋擦得不算亮，但在这到处灰不拉叽的矿区，算是讲究的了。他梳着绷式头，胡子刮得干干净净，有些书生气质，但打电话的气场和踱步的姿态，无不透露出一种自信的江湖气息。

我开始判断：

他是一个有文化的人。

他是一个有头脑的人。

他是一个爱惜羽毛的人。

他是一个有野心的人。

他是一个有心计的人。

他这样的人，有可能精心设计一个桃色陷阱，让涉世未深的小女生往里钻，然后再半推半就地笑纳。换个角度说，这样的人犯罪，是预谋型而非暴力型。

恩格斯说，人来源于动物，永远也脱离不了兽性。所以我们研究人性时，首先要研究兽性。

君不见，一群动物为争夺头领位子打得死去活来。它们争夺的最根本目的，就是为了争夺交配权。这种特性遗传到人类社会，那些身居上位者如修养不够好，往往想用权去换点色。宋伟把我挖到这里来，是不是对我心怀不轨呢？在没摸清他的真实意图前，我得睁大警惕的眼睛。

我正在胡思乱想之际，宋伟打完电话，进来了。

同性恋味道

宋伟说："我兄弟王荣是矿区的部门经理，最近出了些状况。我估计是心理上有点什么问题，想你找他谈一下。"

"哦……"我应了一声，算是回答。心理医生通常是坐诊，等患者上门，如果主动去患者那里，治疗效果会大打折扣。只是我刚来，不好明说，于是试着问，"王荣是什么状况？"

"他顶撞上级，连我的话都不听了。"

"不服从命令是管理问题，或者说是思想工作的问题。我这个心理医生去找他谈，是否恰当呢？"

"恰当，恰当，非常恰当！"宋伟微微一笑，脸上透露出几分不好意思，"这王荣老弟的问题，其实和我有关。"

宋伟停了下来组织语言。我做出凝神静听的样子，示意他说下去。

"我与王荣很早就认识，彼此信任。他特别喜欢同我待在一起，我以前认为是弟兄感情好，就没太在意。那天，我和另一个部门经理刘松喝醉了酒，有些失态，两人在办公室搂抱着睡着了。王荣进来见这样子，不知什么原因大发脾气，不但将刘松骂了一顿，而且我的话也不听了。刘松酒醒了一半，见王荣如此无礼，抓起凳子砸去，一下把金鱼水缸砸坏了，弄得金鱼满屋跳。王荣扑向前。我见两人要对打，一下子抱住王荣。这时董事长曹猛进来，大喝一声'办公室打架，成何体统'，当场宣布停止两人工作，到保卫部反省。我知道此事不怪刘松，私下找到曹董事长，希望他恢复刘松的工作。"宋伟随即说，这里曹董事长股份最多，是老大。他只是"二把手"。

宋伟虽讲了个大概，但我听出了弦外之意，顿时兴致盎然。

我笑着说："刘总，好像王荣与刘松在为您争风吃醋呀？"

"嗯！"宋伟多少有些不好意思，应了一声后说，"在其他人面前，我还不便讲。但你是心理医生，我不妨和你直言。王荣的确非常依恋我，快三十的人了，却从不找女朋友，他父母急啊！我知道症结所在，所以大老远把你请来，就是想你给他医治一下。"

也许刚才我多虑了。如果宋伟是同性恋，对我就没威胁了。但请我来给王荣医治，岂不是把"同志"推远，自己单飞？看来，有些事情还不能轻下结论。

我对宋伟说："从人性的角度看，同性恋为人类提供了多样的选择，是文化多元化发展的具体表现。如果某人是同性恋，没必要给他贴上不道德的标签。"之所以这样说，是因为我对宋伟的性倾向拿不准。

宋伟赞同我的观点，但还是希望我把王荣的性取向纠正过来。

我想了一下，来了个单刀直入，说："要弄清两个概念，一个是同性恋倾向，即对同性产生爱慕的情感；另一个是同性恋行为，是同性之间情感依赖到一定程度，产生了性行为的生活模式。这两个概念，你们自己判断一下，到哪一步了？"

宋伟有些尴尬。

我开导他说:"我是心理医生,我要知道事情的程度,才能去帮助王荣。"

宋伟说:"有两次出差,我们住一个标间,他赖在我床上抱着我睡。我呢,不想让他不高兴,就顺着他,没反对。但我俩并没有发生性行为。"

在我的理论中,真正的同性恋是纠正不了的,如果仅有一点点同性恋倾向,还可以试着纠偏。王荣这种情况,也许还能纠正。

我说:"你明天叫王荣到我这里来吧。"

宋伟说:"以前我也叫他看心理医生,他不去。所以还是想请你主动找他谈谈,看是否能正确引导一下。"

我决定打破常规,同意了宋伟的要求。

美男子王荣

在大城市开心理咨询所,上门来的都是病人,我才不管谁是厅长,谁是局长。但在这里当心理医生,要弄清谁是一把手,谁是二把手,谁的权力大,谁和谁关系好,等等。烦!但入乡随俗,为了更好地开展工作,我故意找孙院长、王医生聊天,了解这里的人情世故。晚上,我又与楼虹聊了一阵。别看这小姑娘没比我早到几天,但知道的事情比我多得多。

通过聊天,我了解了一些情况。

在矿区,曹猛虽然是一把手,但实际管事的是宋伟。凡宋伟提出的,曹猛全同意。王荣是宋伟的跟班,两人关系之铁,在矿区人人皆知。另外,王荣是一个人见人爱的大帅哥,但没有女朋友,矿区有些人在背后议论他与宋伟的关系。

既然王荣是传说中的帅哥,我呢,又有看帅哥的嗜好,故此特地打扮一番,描了眉,喷了一点香水。别以为我特别好男色,其实这是职业需要。

我要让自己漂亮一点，从外形上去"勾引"王荣，看他是否动心，以判断他的性取向。

在保卫部办公室，我见到了王荣，比想象中更英俊。他嘴唇红润、齿如编贝、双眸如星子般有神，细腰宽肩，身着一袭银色风衣，不论从哪个角度看，都是一个美男子。再往下看，他穿着一双绿底运动鞋。这双鞋子有些女性色彩，好像在提醒我，王荣可能有同性恋倾向。

王荣闲得无聊，拿了本《故事会》在看。

我没有选择先敲门，而是悄悄地走到他跟前。他感觉有人，猛然抬头，迅速瞅了我一眼，说："以前没见过你，新来的吧？"

他的眼神没在我脸上停留，对我的胸部更是视而不见。我读出一种信息：他对异性的确不太感兴趣。我虽然说不上是大美人，但在男多女少的矿区，再加上精心打扮，绝对算得上清秀佳人。

"我是新来的，而且是宋总请我来的。"我回答时仍然看着王荣。

"宋总请你来做什么？"王荣避开我的眼神，斥问我。

"王经理，你一百个放心，我是心理医生，不是宋总给你介绍的女友。"我莞尔一笑。

王荣重新打量我一眼："心理医生？新鲜呀！我们矿区的人干活就拿钱，没有什么心理问题，也不需要心理医生。"

我知道，在许多人的观念中，只有神经病才看心理医生。也许在矿区，只有宋伟看得远，知道心理疏导的重要性。

我没有讲理论，而是说："心理医生呢，就是陪你聊天。比如现在的你心里可能不舒畅，如你愿意给我讲，我帮你分析分析，也许你就开心了。"

"哼！"王荣有些不屑，"小丫头，我不需要心理医生，我的问题你也解决不了。"

我继续微笑着说："那不一定。我可是宋总请来的，宋总的智慧你不会怀疑吧？"

王荣没说话，像在思考。

"我有一个方法，可以让你立即恢复工作。"

王荣抬起头，看着我。他在这里坐冷板凳好几天了，肯定觉得闷。

"你去跟宋总讲，和刚来的心理医生聊了会儿，很多问题都想通了。宋总肯定会恢复你的工作。"

"想通了？我就是想不通！为什么与我打架的刘松，刘松还先动手，为什么他很快就恢复了工作，而我呢？"

我微微一笑，说："这有什么想不通的。刘松与宋总关系一般，今后还要和谐相处。你嘛，谁都知道与宋总关系很好，如不严惩，今后怎么带队伍？"我有点投其所好，其实刘松与宋伟的关系也挺不错的，但王荣听我说他们关系一般，心里高兴啊。

王荣"哦"了一声说："但停止我工作的人，是曹董事长。"

"我来这里时间不长，但也知道曹董事长虽然是矿区老大，但他对宋总的话从不反驳。只要宋总出面帮你协调，这还不是一个小问题。"

"但宋总还在生我的气，也不知他是否愿意为我说话？"

"放心吧，只要你说与我聊了，而且有效果，宋总一定会帮你。"

两边摆平

从保卫部办公室出来，我找到宋伟。

"谈得怎么样了？"宋伟问道。

"还没切入正题。"

"哦。"宋伟应了一声，等待下文。

"心理学上有个名词'心空效应'，通俗一点讲，即心理医生和患者要在特定的场合,比如心理咨询室,进行平等的交流,才能产生良好的治疗效果。我刚才主动去找他,在心理上,他高高在上,交流的效果难以保证。等一下王荣会提出恢复工作的要求,您先答应下来,然后说'恢复工作可以,但你必须到医院的心理咨询室找秦医生聊聊,时间不得少于一个小时,这样我才会向曹董事长求情'。"

"王荣这人我比你了解,脾气犟着呢。说不定他不愿来求我。"

"宋总,您就放心吧,说不定王荣马上就到。"

我的话刚说完,王荣推门进来了。

宋伟笑了,嘴上没说话,但心里肯定在夸我:这个心理医生还真有点办法。

我矜持地一笑。没有几把刀,怎么在江湖飘!我秦海略施小计,便能将两边摆平。

打开话匣子

王荣来到咨询室,我给他上了茶,开始平等交流。

说了几句闲话后,我便问那天他与刘松是怎么回事?

"其实我对刘松没什么意见,倒是对宋总有点意见。"王荣刚说一句就停了下来,有点羞赧的样子。

"王经理,你放心吧,我会对你说的内容严格保密。再说我不是你们矿区的人,也不会在这里待得太久。"

"那你是哪里来的人?"

"我呀,来自很远的地方,坐火车都要一天。"我不想过多谈及自己。

王荣笑呵呵地说:"我不管你是哪来的,既然宋哥能把你请来,肯定自有用意。我不相信你,总得相信宋哥。"他很自然地称宋伟为宋哥了。

"王经理，你刚才说对宋哥有意见，现在又如此信任宋哥。在我看来，宋哥在你心中的位置是任何人都无法取代的。"

"那是当然。"王荣打开了话匣子，"我对宋哥，就像对死去的哥哥那样，什么话都愿意跟他讲。"

死去的哥哥？看来王荣的同性恋倾向，同家庭环境有关系。

同性恋产生的原因很多，可能是先天基因遗传，也可能是后天成长环境所致。

性取向是一个复杂的问题，会受到多种因素的影响。从心理医学的角度，如果要纠偏，必须将它产生的原因找出来。于是，我请王荣先讲讲他小时候的成长经历。

童年港湾

王荣是个苦命的孩子，家庭条件较差，父亲在镇上开了一家小小的酒作坊。

王荣两岁的时候，母亲因病去世，父亲娶回一个寡妇当王荣的继母。这寡妇有来头，是镇上最大酒厂老板之女。很显然，父亲的选择不是出于感情，而是出于生计角度考虑的。

继母为人刻薄，不让王荣吃饱穿暖，动辄打骂。

父亲看在眼里，但无能为力，因经济基础不行，当不了家。同时也可以看出，父亲的性格还是有几分懦弱。在继母的高压下，父亲给王荣的关爱也少了些。

年长五岁的哥哥是小王荣生命中的阳光，温暖着他稚嫩的心灵。

王荣四岁那年的一天，继母午饭没煮够，分给小孩的更少。下午时分，王荣饿得不行，本能地溜进厨房偷吃包子。继母回来抓个正着，不由分说地一把将王荣按在地上,顺手抓起火钩,就开始打屁股。火钩是铁制的,打下去就是一条血印。王荣大哭大叫。这时,哥哥听到哭叫声跑来,用自己弱小的身躯护住王荣。继母的火钩一下下打在哥哥身上。过了好一阵,继母打够了也骂够了,扔掉火钩走了。

弟兄俩抱着痛哭,王荣更是钻进哥哥怀里不愿出来。

从此之后,哥哥的胸膛便是王荣最喜欢停靠的港湾。每到夜晚,王荣都缠着哥哥讲故事,只有睡在哥哥身旁才觉得安稳。

如果时光就这样流转,王荣一直在哥哥的呵护下长大,那就好了。可是那个叫命运的老人,总喜欢人间有些不幸。

王荣十四岁那年,哥哥到河里游泳,不知是脚抽筋还是其他原因所致,不幸溺水身亡。哥哥,就这样永远地走了。

消息传来,王荣顿感山崩地裂。当抚摸哥哥的遗体时,他哭得死去活来。

宋伟往事

听到这里,我基本可以断定,王荣童年缺少母爱,将一切信赖全部寄托于哥哥身上,形成了对同性的依恋。加之继母品行恶劣,导致王荣对女性产生厌恶感。

根据我的判断,王荣这种情况要想纠偏比较困难。因为他的性别认同是从小养成的,观念已经深入内心。

我男友曾纠正了一个同性恋倾向患者。一对夫妻没有女孩,就把男孩当成女孩养,穿女孩的衣服,做女孩的游戏,时间长了,此男孩就有了女性倾向。到了婚嫁年龄,男孩不去找女友,焦急的父母才来向男友求助。男友没花多大力气,就把问题解决了,他的父母千恩万谢。在此案例中,男孩的性别认同是外界强加的，故容易纠正。而王荣的性别认同是自身形成的，所以很难纠正。也许，用前卫一点的观点看，根本用不着纠正。

作了性质上的判断后，接下来我想搞清楚王荣与宋伟是如何认识的，究竟发展到了哪一步，即是否发生了性关系。同性恋发生性关系是重要事件，但并非标志性事件。有些同性倾向患者，即便没有与同性发生性关系，也纠正不了。

可是王荣并没按我的思路去谈，而是大讲特讲他的醋意。

"宋哥给了那臭婆娘一刀，出去躲风头的时候认识了刘松。宋哥见他会些武功，就与他拜了把子。其实，结拜也没什么，关键是刘松不要脸。有一天晚上，他赖着与宋哥睡一张床。到矿区后，刘松逢人便炫耀他与宋哥的关系。我听到后心里怪不舒服的。"

我插话问："宋哥给了臭婆娘一刀，是怎么一回事？"

"哦，你才来矿区不知道。宋哥大学毕业后一时没找到工作，就当了协警。他为人豪爽，很会处世，上至公安局局长，下至街上的小商小贩都喜欢他。那臭婆娘姓耿，一家三口从外地来打工。不知作了什么孽，耿婆娘的父母煤气中毒。耿婆娘无钱下葬，走投无路，在那里哭。我宋哥见她可怜，花点钱帮她安顿了一下。没想到这婆娘不要脸，不知用什么方法将宋哥弄上了床。不久后，她假装说肚子里有了，硬要与宋哥结婚。宋哥心软，就同意了。有天晚上，宋哥与别人谈事，臭婆娘偷听到了秘密。究竟是什么秘密我也不知道。总之，那臭婆娘要宋哥拿一百万封口费。宋哥说：'难道你不顾及我们的情义吗，我们都要有孩子了。'臭婆娘说：'怀孕本来就是骗你的。'宋哥听了这句话那还得了，顺手给了臭婆娘一刀，连夜出走，流落江湖。后来他才得知臭婆娘已被抢救回来。为此，宋哥还坐了三年牢，刑满释放后，才开始创业的。"

王荣讲得绘声绘色，我也听得津津有味。我在想，宋伟曾经有过女人，难道他是双性？

心理医生的职责是探索并解决问题，我决定好好研究宋伟及王荣的心理特征，整理为一个工作案例。

开饭时间到了，我结束了同王荣的谈话，约他明天再来。

林子大了

王荣走后，我拿着饭碗快步向食堂走去。菜的味道欠佳，我没有多少食欲。

矿区旁边有个湖。饭后，我到湖边散步，清风吹拂，微波荡漾，偶有鱼儿从水中跃起，时而传来一声鸟鸣。我心想，这里虽然伙食不好，但风光旖旎，适合养生。

行至小树林边上时，突然从林子里跳出一个人，挡住我的去路。

这人穿着黑衣黑裤，脏乱的胡子，头发凌乱，脸上长着一块胎记，表情有些怪异。

"嘿嘿！"这人对我一笑，好像是在跟我打招呼。

我下意识地回以微笑。但他接下来的动作，却把我吓着了。

他迅速解开裤子，露出"二弟"。老天，这是个露阴癖。这种心理疾患以前只在教科书上看到过，没想到在这里碰上了。

一个女孩子遇到这种事，要么自己跑开，要么破口大骂。但我不能这样处理，因为我是心理医生。我跑开或大骂，都会刺激他的性兴奋，加重病情。我正确的处理是勇敢地面对，并说服他去看心理门诊。

我正在思考怎么开口劝他时，小径的那一头传来说话的声音。这人一听有人过来，一把提起裤子蹿进林子，跑远了。

我也松了一口气。说实话，这荒山野岭的，我一个姑娘家，也怕出事。

说话的人走了过来，我一看，一个是宋伟，另一个不认识。

"秦医生，一个人散步呀？"宋伟先打招呼。

我还没从刚才的惊吓中回过神，随口答应了两声。

宋伟给我介绍，这是董事长曹猛。我向他问好后，曹猛问我来梁山还习惯吗？我只得说习惯，伙食味道不好的事不能提。我到这里是来工作的，不是来享受的。

我跟他们寒暄起来，说："两位领导日理万机，散步也在谋划大事。"

"其实也不是什么要紧的事。这矿区啊，林子大了什么鸟都有。"宋伟说。

"对了，秦医生是学心理的。老宋，此事给秦医生讲讲，也许她能理出个头绪来。"曹猛说。

"是这样的，近日女工宿舍常被偷。这小偷不偷钱，专偷女人的内衣内裤。"

宋伟刚说完，我脑海里出现三个字——恋物癖。

"哦，这个小偷恐怕有严重的心理障碍，偷女人的衣裤，是为了满足畸形的性需要。医治的方法并不难，关键是要把这个人找到。"讲起专业知识，我便来了精神。

"从现场看，这小偷熟悉地形、手法娴熟，说不定是个惯偷。"曹猛说。

宋伟点点头，表示赞同曹猛的观点。

"两位领导莫急，只要把人找到，我一定把他治好。"

告别二人，在回去的路上，我边走边哼小调。这矿区，有这么多的心理障碍患者，正好让我大显身手。我决定多在这里待一段时间，积累临床治疗经验。伙食差一点不算什么，吃不饱时大不了吃方便面。生活上一点点艰难困苦，怎么吓得退本姑娘。

与宋伟相识相知

第二天，王荣如约而来。我让他谈谈与宋伟的相识过程。

王荣谈起他的宋哥，整个人都沉浸在对往事的幸福回忆中，脸上洋溢着激动与喜悦。

王荣初中毕业后，为谋生路到山东某技工学校学习汽车修理。为了第二天一早坐火车，他先坐夜班汽车到县城。继母刻薄，没让他吃晚饭。汽车到站时，他已是饥肠辘辘。汽车站拐角处，昏暗的灯光下，有一家面摊在营业。王荣走上前问价格。

老板是个大胡子，指着上面挂的牌子说："我们是挂牌经营，四元钱一碗，一碗三两。"

王荣抬头一看，牌子上是这样写的，于是要了一碗面。狼吞虎咽将面送入嘴里，填饱了肚子，王荣觉得舒服多了。

"老板，收钱！"王荣拿出四元钱放在桌子上。

大胡子走过来说："小子，还差八块。你吃了三两面，一共是十二块。我们是挂牌经营，先说断，后不乱。"

王荣一看，牌子翻了面，写着四元一两，一碗三两。这不是坑人吗？

王荣看似斯文俊秀，实则是有脾气之人，再加上继母给的路费也不多，遂跟大胡子争执起来。

大胡子吼道："小子，少啰唆，再不给钱老子捶你！"

坐在摊子边抽烟的两个小伙子也上前帮腔，说王荣吃了面不给钱，是皮子痒了，找揍！显然，他们是一伙的。

王荣还是不服气，扬言要找警察。大胡子一伙开始动手。王荣以一敌三，自然打不过，被逼得边打边跑。汽车站本来就在城边，这一跑，就到了郊外，背包也弄丢了。那晚无月，再加上王荣不熟悉路，一脚踩滑跌入沟中，一阵剧痛传来，他就什么都不知道了。

当协警的宋伟恰好经过，拿手电一看，王荣不像坏人，于是将他背到医院救治，并留下来照料。

两天后，王荣有了些迷迷糊糊的意识，以为在床头伺候自己的是哥哥。他吃力地抱住宋伟，使劲往他怀里钻。又过了两天，王荣的意识完全清醒，知道救自己的不是死去的哥哥，而是宋伟。但王荣已经习惯了在宋伟怀里的感觉。这种感觉如果用一个词来概括，应该是"温暖"。

问明原因后，宋伟找到那家面摊。大胡子不敢招惹宋伟，主动赔了医药费。

伤养好后，王荣上路了。宋伟给了他三十元钱，嘱咐他一路小心，照顾好自己。

学业结束后，路过县城，王荣又在宋伟那里住了一段时间。宋伟见多识广，讲些社会趣闻，王荣很爱听。有时晚了，就赖在宋伟床上睡。

王荣回家住了几天，继母不想他吃闲饭，叫他到邻镇一家汽车修理店打工。

自从与宋伟分别后，王荣心里空荡荡的，脑中时不时浮现出宋伟的音容笑貌。

后来听到传闻，宋伟捅了臭婆娘，逃出去避祸了，王荣非常担心，到处打听宋伟的下落。可是人海茫茫，难见踪影。

再后来，宋伟知道臭婆娘没死，主动自首，被判了三年。在服刑期间，王荣多次去监狱看望。

宋伟刑满释放后，王荣幸福地感觉世间的一切都如此甜蜜。

宋伟犯过事，不能再当协警了，在亲戚的帮助下开始创业。王荣辞去修理店的工作跟着宋伟干，再苦再累也无怨无悔。

并非好色

听完王荣的讲述,我得出三点判断:一是王荣的同性恋倾向是原发性的,且程度较为严重。纠偏的可能性是存在的,但不能抱太大希望;二是王荣的同性恋对象是单一且稳定的,这为纠偏提供了可能性;三是能否得到纠偏,最终决定权在王荣自己。但在可左可右的时刻,宋伟的态度,也能起到重要作用。

我见情况了解得差不多了,就结束了谈话。

王荣问:"秦医生,是否要交咨询费?"

我笑了说:"上次你没交费就走了,我不好意思拉着你。你找医生看病,当然要交费了。"说完,我指了指墙上的收费标准。

"哦!今天两个小时,我该交四百元。"王荣拿出钱。

我笑吟吟地说:"上次的咨询费免单。今天的咨询费打五折,你去交两百元就行了。"

王荣说:"那怎么好意思呢?"

我眨了眨眼,开玩笑地说:"给帅哥打折,我少挣点钱心里也高兴啊!"

王荣笑了,脸有点红,可能真有点不好意思。

其实我是在试着治疗王荣,看能否挑起他对异性的感觉。另外,我的收费标准是有弹性的。我会给大部分顾客打折,让他们感受到我的亲和力。至于打折多少,就要看情况、看对象了。

送走王荣,我完善了咨询报告,然后泡上一杯红茶,一边细品,一边思考治疗方案。

治疗方案

王荣的同性恋倾向是否能够得到纠正，取决于他的自我认知。但我认为，治疗的切入点，还是应该从宋伟入手。其方法，可以归纳为三点。

第一，反向刺激。

王荣为什么迷恋宋伟？因为宋伟像他死去的哥哥那样，给了他心灵的依靠和精神的慰藉。这种感觉不被打破，纠偏就是一句空话。怎样打破呢？这就需要反向刺激。打个比方，宋伟像一朵鲜花，散发着清香，王荣老是想去闻。如果有一天，王荣闻到花的味道不是香的，而是臭的，臭得作呕，臭得难以忍受。在这种情况下，王荣就有可能改变思维模式，不再迷恋宋伟这朵花了。

具体的方法有很多。比如找几个女性朋友，宋伟假装和她们暧昧，故意让王荣看见，并叫王荣一起玩。这样，宋伟在王荣心中的形象就会崩溃。

第二，物理隔离。

如果说王荣是个水杯，宋伟就是握着杯子的手。尽管手的温度是固定的，但在王荣看来，宋伟的温暖是源源不断地传来。物理隔离，就是宋伟要把王荣这个杯子推得远远的，最好推到寒风之中，让他有清醒思考的环境和时间。再说直白点，就是宋伟要将王荣从自己身边赶走。

第三，正向温暖。

如果王荣离开宋伟，正在神情沮丧之际，偶遇一名女子无微不至地照顾他的生活，使他改变对女性的看法，这就对了。

也许同行不认可我的观点，说性取向决定权在自身，不是一个女人的柔情就能改变的。但我想说，当王荣受到反向刺激，正在怀疑自己、左右徘徊之时，如果有人从正面推一把，也许就成了。

其实我也知道，就算前两点进展顺利，王荣离开宋伟后是否能遇到照顾他的女子，全看上天的安排，在现实中实现的可能性很小。

对于第三点，我知道我的想法有些一厢情愿。但凡事总往好处想，世界就会变得更美好。

我把方案从头到尾想了一遍，基本满意了。这方案虽然有些理想化，成功的概率也不高，但七分天注定，三分靠打拼，有没有效果要试后才知道。

公司成功上市

"楼虹，楼虹。"我叫了两声，楼虹应声而至，我让她去把宋伟请来。

一会儿，楼虹回来说宋伟到深圳出差，好像公司要上市了。

对于公司是否上市，我不感兴趣。我只问王荣要去吗？

楼虹说："矿区的人都知道，王荣是宋总的影子，只要有宋总的地方，基本上就能找到王荣。"

"哦！"我应了一声问，"此次宋总去跑上市的事，估计什么时候回来？"

楼虹说："这我就不清楚了，至少要一两个月吧？"

原以为宋伟和王荣出差去了，我会落得清闲，没想到咨询室生意越来越好，有的人是心理确有问题，而有的人是假装有病。我们当心理医生的，自身心理一定要调节好。比如说我吧，虽无沉鱼落雁之貌、羞花闭月之容，但我五官端正，气质卓然。我这种心态叫自信，是积极的。但不能过头，如自信过度就成了自恋了，是消极心态。万事万物，都有一个度的把握。我知道自己多少有些自恋，把自恋说成消极心态，这是在自我纠偏。

矿区人员素质参差不齐，但大多数是农民工，心地纯朴。他们把我当成知心姐姐，天南海北无话不谈。这段时间，我听到了矿区很多轶闻趣事，也了解了大部分公司领导的关系网络。

楼虹除了给我当助手，还帮我洗衣服，弄得我很不好意思。除此之外，她还到处宣传，说我的医术如何高明。我越来越喜欢这个小丫头，从内心里把她当妹妹看待，时不时教她两招。

一个月后，公司上市成功，宋伟胜利班师。曹猛率领众人到路边迎接。此时的矿区，锣鼓喧天，彩旗飘扬，人人脸上都洋溢着笑脸，比过节还热闹。

当晚大摆庆功宴，矿区稍有职位的人都参加。宋伟特地差人来请我出席。我滴酒不沾，也不喜欢应酬，推说身体不适，婉言谢绝了。

在灯下，我拿出书看起来。喜欢学习是每个心理医生应具备的素质，因为你不知道明天将会遇到哪种病人。要给人家一碗水，自己就要有一桶水。

有个词叫基因

几天后，庆功活动全部结束，矿区恢复了常态。我让楼虹请来宋伟。

我开门见山地说："宋总，王荣的事情，我理出头绪来了。"

我的治疗方案还没说完，宋伟就打断我的话，一会儿说王荣出差的表现优良，一会儿说上市后矿区要加强基础建设。

我见话题偏了，急着说："王荣的同性恋倾向真的很严重，是否能治好，除了人为努力，还要看天意。"

"嗯，嗯。"宋伟清了清嗓子说，"讲起同性恋倾向，我倒想起一件事。我的弟弟宋飞有一个特殊爱好，喜欢穿女人的衣服。我的母亲也知道这事，骂了他几次，骂不回来，于是就妥协了，我对宋飞讲，'在家里穿穿就行了，不要出去转悠，万一被人家发现了，有辱家门'。三年前，宋飞结婚了，婚后生活看起来挺和谐。但那毛病呀，也不知改了没有？"

宋伟又一次顾左右而言他。但这次的话题，明显是我感兴趣的。

宋飞喜欢穿女人衣服的行为，称为"异装癖"。患此种病的人，通常为男性，他们要通过穿戴女人衣物或饰品来产生性唤起。异装癖是恋物癖的一种，它与恋童癖、露阴癖、恋尸癖一样，都是性欲倒错引起的心理疾病。

这里要弄清两个概念，一个是性欲倒错，另一个是性别倒错。

先讲性欲倒错。如果你看见你老婆洗完澡出来，穿着睡衣，妩媚地坐在床边，你有了性冲动，这是正常的。如果你走在大街上，看见阳台上挂晒着乳罩，你就有了性冲动，甚至有了把乳罩偷回去的想法。这就是性欲倒错，不正常了。

再讲性别倒错。指的是对自己性别角色认定不准确、不适应。比如王荣，生理上是男性，但心理上希望扮演妻子的角色，与宋伟夫唱妇随地生活。

为什么我对宋伟的话题感兴趣呢？因为我想到一个词——基因。有理论认为，同性恋者的基因存在家族遗传性。你的亲戚中，同性恋比例大，你成为同性恋的可能性就大。

我之前说，宋伟也许是双性恋（请注意"也许"这个词），而宋飞是异装癖，两者虽然不一样，但遗传之中有变异。我们假设一下，宋伟的父亲是同性恋，如遗传的话，宋伟是双性恋，宋飞是异装癖，反正都是那方面的问题，这也是说得过去的。

还必须强调一点，同性恋并非绝对遗传，只是概率问题。

我把这些理论有选择性地讲了一下，说得有些含糊，也不知宋伟听懂没有。作为心理医生，要考虑患者的自尊心和承受力，有些话最好点到为止。

开饭时间快到了，我见宋伟不愿深谈王荣的事，就结束了谈话。

宋伟倒大方，按规定付了咨询费。我也不客气，没打折。我心里并不怎么舒畅，因为今天的谈话没有达到预期目的。宋伟出门时，我做了一件画蛇添足的事。

我叫住宋伟说："宋总，我对王荣的治疗方案，您是否能认真考虑一下？"

"哦，哦！"宋伟转过身，脸色有些阴沉，"秦医生，我们'袍哥'人家，必须讲义气，我怎么可能把自己的兄弟从身边赶走？"

我无言以对。

难道宋伟真的是同性恋或双性恋，也想与王荣保持暧昧关系？如果是这样，他又因何请我为王荣纠偏？

我望着宋伟的背影，觉得这个人心机太深，难以捉摸。

人心有多深

当心理医生必须去揣测人心。当然，我揣测的对象是患者。

在矿区，哪个山头力量大，某某要被提拔了之类的事情，我一点兴趣都没有，倒是对人的心理，喜欢去研究。

就拿宋伟来说。把他想简单一点，他是一个爱惜羽毛的人。"羽毛"的意思，就是自身的形象和名声。为了"羽毛"，他遍交天下朋友，博得江湖美名。为了"羽毛"，他不想让包括王荣在内的每一个兄弟失望，所以不愿用自毁形象的方式赶走王荣。还是为了"羽毛"，他含蓄地要求我为王荣纠偏，至于纠偏的效果，他并不看重。我想，宋伟是爱王荣的，只是他更爱自己。

如果把他想复杂一点，宋伟是一个自私的人。他用若有若无的同性恋情以及江湖义气为王荣编织了一张网。可怜的王荣在这张网中越陷越深，而不能自拔。他请我来为王荣纠偏，只是一个幌子。他要霸占的是王荣的感情、能力和他所有的一切。

太平洋的海沟最深处达一万一千多米。而人的心有多深，还真难说。当然，这只是我对宋伟心理的一些猜测是否正确，还需要今后的事实来验证。

票选帅哥

几天后，王荣气呼呼地找到我，说自己差点又和别人打架了。我叫他别急，慢慢讲。

那天公司开完例会，一群中层干部聚在一起聊天。卢莹婉、孙燕祥等女中层，嚷着要评选公司第一帅哥。大家跟着起哄，接着就来了次非正式投票。评比的结果是，王荣和杜青各得十一票。

王荣见闹着玩的，就说自己脸上有个雀斑。杜青一张脸俊秀无比，不说雀斑，连根粗汗毛都没有。这第一帅哥的头衔，非他莫属。

杜青也开始谦让。

在场的中层干部分成挺杜派和挺王派，刚开始是议论，后来两派就有些相互攻击的味道了。

赵江是挺杜派的活跃分子，他说："王荣有个缺点，就是不主动追求女孩子。如选他当第一帅哥，他一直单身下去有损公司形象。"

顾小勇本是挺王派，此刻不知哪股神经接错了线，站起来发言："王荣虽然不找女朋友，但人家找了男朋友。你看人家和宋总多亲热呀。不知道情况的，还以为是一对呢。哈哈哈！"

王荣与宋伟的关系在矿区人人皆知，但以前没人说破。顾小勇这个无脑之人，就像《皇帝新装》里那个不懂事的孩子，一下子说出了事实。

仁立对宋伟有些意见，平时没机会发作，借此时机也跳出来说："我反对，我反对！今后王荣老弟嫁给了宋总，他又不会生孩子，岂不弄得我公司后继无人。"

仁立一边说，一边用手捂着肚子，做出怀孕状。他近乎滑稽的表演把大家都逗笑了。

"够了！"王荣大喝，"你们诋毁我，我认了。但谁要说宋总的坏话，休怪我翻脸！"

现场安静下来。王荣满脸铁青，气势汹汹地走了。

心灵抚慰

听完王荣的讲述，我知道今天并非要解决什么问题，而是要做好心理安抚工作。

王荣为什么来找我？因为我是心理医生，且不是矿区的人。通过前几次交流，他对我产生了信任感。他受到刺激的时候到我这里来，是想寻求精神上的安慰与支持。

在有的同性恋案例中，患者担心受到歧视，往往会压制自己的负面情绪。如不能很好地排解，有可能造成抑郁、自杀等极端行为。我今天要做的，就是要表示理解、同情，让他尽情地宣泄。

我看见王荣眼里噙着泪水，就说："在心理医生面前哭一哭，没什么关系。"

王荣哭了，他的情感上虽有女性化倾向，但他的哭有男人特质，眼睛瞪着，任眼泪平静地滑落，没有哽咽，也没有悲号。

我用认真、严谨，而又略带微笑的眼神看着王荣，感受他的悲伤。作为心理医生，此刻不能叫他别哭，也不能给他递纸巾，因为哭是情感的宣泄，是负能量的排除。

哭了一阵后，王荣自己抓了张纸巾擦干眼泪。这个动作表明，他的情绪得到一定程度的控制，不想再哭了。

王荣谈起了他的苦恼、他的无奈、他的纠结、他的尴尬。

"我看见宋哥就想吻他。虽然控制住了，但心中无限向往。"

"你想吻他时，为什么要控制？"

"因为宋哥是个正派人，我怕他把我赶走，所以就要控制一些生理上的冲动。其实控制也是很压抑，很难受的。"

我微笑着问："你认为宋哥哥正派，那你自己呢，是不是不正派了？"

王荣思考后回答："我认为自己有些变态，想纠正又纠正不了。我很矛盾，内心一直不知所措。"

我又问："你想治疗吗？"

王荣答："如果吃颗药能好，我愿治疗。"

我告诉王荣："世上没有能治疗性取向的灵丹妙药。你的问题是同性倾向与普遍的社会规范相悖，外界的种种压力使你的精神难以承受。"

王荣问："不吃药，是不是没法治了？"

我说："你问问你自己的内心，想不想治？"

王荣沉默一会儿说："我想试一下。"

我说："好吧。我教你一个方法。你在手腕上套一根橡皮筋，当头脑中浮现宋伟的形象时，就使劲弹自己的手腕，如此反复练习，十天后来找我，看看成效。"

这一招叫厌恶疗法，对很轻微的同性倾向患者有一定效果。但王荣"中毒"太深，是否有效很难说。

如果此时宋伟按我的要求自毁形象，赶走王荣，那矫正的可能性就要大得多。但宋总经理，不知心里是怎么想的。我这种角度，也不好去要求谁，更不便于安排什么。

乞丐苏格拉底

这几天，我利用业余时间，对矿区人员的心理状况作了调查。

在现代心理障碍中，从总体来看，强迫症、抑郁症、焦虑症、精神分裂症发病率最高。而这里人员的心理疾患中，发病率最高的是和性相关的问题，这可能和矿区男女比例失衡有关。除此之外，精神分裂症也有好几例。使我印象深刻的是，一个绰号为"苏格拉底"的乞丐。

那天我做完心理调查走回宿舍的途中，看见垃圾桶旁边蹲着一个蓬头垢面的人。我没太在意，因为在西部偏僻的地方出现个把乞丐很正常。当我走过时，他突然站起来，用普通话大声地对我说："我知我无知。"

这句话是我最喜欢的名言之一，出自苏格拉底。能说出这句话的人，我应该仔细打量。我的眼光从上看到下，不看还好，一看才发现——他没穿裤子。他穿的上衣又宽又大，极不合体，蹲在那里倒能遮丑。我赶紧侧过头，快步走了。

走了五十米，回头看了一下，他没追上来，我松了一口气。从眼神看，他可能精神失常。这样的人我惹不起，还是躲远点为好。

第二天，我与王医生讲起这件事。她告诉我，这乞丐在没疯之前是个高才生，而且还是学哲学的。疯了后，他常常自言自语，有时对人说一些似是而非的哲学话语。由于常把苏格拉底的"我知我无知"挂在嘴上，不知谁给他取了个绰号，叫"苏格拉底"。

我呵呵一笑："这绰号还有几分恰当，苏格拉底不去挣钱，一天到晚就在街头讲道理。"

接着我又问："知道他的真名吗？从哪里来？家里还有什么亲人？"

王医生说:"这些情况我就不知道了。"

由于热爱哲学的缘故,我开始留心这乞丐。在我看来,他是苏格拉底和尼采的结合体,沉浸在自己的精神世界中,没有畏惧,没有忧伤,也没有苦难。而我们这些正常人,担心这样、害怕那样;一会儿抑郁,一会儿焦虑,究竟谁幸福?

他这种情况,应由亲人出面,强行送到精神病医院治疗。有时我在想,也许他没有亲人,也许亲人找不到他,如果我能力强大一些,将他送入精神病医院……算了,就算我有心也无力呀!再说,人生就是一场旅行,疯并快乐着,难道一定比正常并忧虑着好吗?

算了,不说苏格拉底了,还是谈王荣吧。

治疗锦囊

不到十天,王荣来了,见我直摇头,说橡皮筋弹断了好几根,但效果不佳。"不说用橡皮筋将手弹痛,就算把我的手砍了,也阻止不了我对宋哥的思念。"

我听罢轻轻摇了摇头,知道他的性别认定无法改变了。

我写下了四句治疗锦囊:

至道无难,唯嫌拣择;
但莫单爱,洞然明白。

王荣看了看锦囊说:"字我倒认得,但意思不大懂。"

我解释:"'至道无难'的意思,就是在人生道路上,艰难困苦在所难免,但人生没有翻不过去的山,也没有趟不过去的河。'唯嫌拣择'是说,人生是一道道选择题。如果你选择了爱同为男性的宋伟，这是你的权利。但王经理，我要提醒你，你选择了宋伟，便意味着你走上一条与常人不同的路，这条路上，有非议，有尴尬，还有许多预想不到的困难。你要有足够的心理准备。'但莫单爱'的意思是说，爱情是两个人的事。你爱宋伟，但你一定要清楚，如果你的爱引不起对方的共鸣，自己就会受伤。'洞然明白'我就没必要解释了，反正道理就在前三句话。"

王荣点了点头，但从表情看，他有些似懂非懂。

我进一步安慰他说："王经理，你有同性恋倾向，你可以纠结，但你不要自责。其实同性恋是一种正常现象，随着时间推移，这种性行为会得到越来越多人的接纳和认可。美国在1978年将同性恋行为从《精神疾病诊断手册》中删除，也就说同性恋不再被认为是精神病。在有些国家，同性婚姻是合法的。但是在我国，同性恋一时还不能被大众接受，认为是不正常或者耍流氓。"

王荣走前，我给他提了一个建议：你可以继续去追寻你的爱情，但你生活在一个对同性恋存有偏见的年代，在一些场合还是要同宋哥保持一定距离。

望着这个单纯的大男孩，我心里有些感慨，同时在隐隐约约中有些酸楚。为什么有这种感觉，我也说不清楚，便对王荣说："今天的咨询费，免单。"

"秦医生，那多不好意思，我还是得付钱。"王荣对照时间，掏出钱。我见他执意要付钱，就给他猛打折，象征性地收了点。

曹猛失眠

近段时间，很少碰到王荣，也许他忙于工作吧。我在想，王荣的事也算告一个段落了。作为心理医生，应该少一些观点评判，多一些顺其自然。万事万物，自有它的发展规律，爱情与婚姻是否适合，也只有当事人知道。

听人说，矿区高层倾轧厉害，特别是曹猛与宋伟，有些水火不相容，两人在公司高层会上险些动手。中层干部被迫选边站队，分成两派。

也许是中国传统文化中有劣性根，有些人只能共患难，不能同享福。现在公司上市，开始分蛋糕了。人的私欲无穷，都想绕过规则，为自己多分一块，结果就开始吵吵嚷嚷，甚至打打闹闹了。

一天晚饭后散步，我碰到王医生，她还穿着白大褂。

"王医生还在加班呀，忙啥呢？"我上前打招呼。

"曹董事长病了，我给他送药。"王医生停下脚步说，"秦医生，其实董事长的病，你去治比我更适合。"

"董事长得的何病？"我这人好奇心一向较强。

"其实，董事长得的不是什么大病，就是晚上睡不好觉。我给他开了抗焦虑药也不见好转。他打来电话，叫我药下猛点，我没办法，只好用安眠药了。你知道的，我不太赞成病人服安眠药，怕上瘾。"王医生摇摇头说，"唉！心病还得心药医。"

"如果董事长愿意到我的咨询室里来，我倒想与他好好交流一下。"失眠是心理障碍的常见症状，我有这方面经验。

"我跟董事长讲了的，但他不愿意去找你。"王医生脸上露出一些无奈。

"不愿来？你知道什么原因吗？"我问。

"秦医生，我们是同行，我跟你讲原因，你可要保密。矿区派系复杂各有各的人。你秦医生是宋总请来的，在董事长眼中属于'宋派'，所以他不愿意找你医治。"

"哦！"我心想，这曹猛真是小肚鸡肠。在我眼里只有医生和患者，没有什么宋派曹派。

"秦医生，你是否主动上门去和董事长聊聊？"

"王医生，心理咨询一般不上门。患者自己愿意来咨询，效果才会好。"

我略为停顿一下说，"我听人讲，董事长有湖边散步的习惯，我去'偶遇'他。先聊几句其他的，再引到正题，这样效果可能会好一些。"

"好，好，就这样吧。"王医生告辞。

看着王医生的背影，我心想，曹猛的失眠大抵与权力斗争有关。如果他的名利心过重，再好的心理咨询师或者用再好的药，都无济于事。不过既然我答应了王医生，那么只要有恰当的机会，还是愿意去劝导一下曹猛。作为医生，我应有自己的职业道德和为人处世的准则。

少知道为妙

我尚未偶遇曹猛，却先偶遇了疑似王荣的人。

那晚，月如钩，寂寞梧桐锁金秋。山里凉风习习，偶有落叶飘零。我喜欢这种天气，想出去走走。我叫楼虹，不见应答。这小丫头没回来，是不是谈恋爱了？我微微一笑，索性一个人出去。

若有人陪同，我喜欢去湖边转转，看水波与落叶共舞。但湖边树大林深，有些地方草有半人高，一个人怪凄冷的，还是走街上吧，安全些。街头虽然有苏格拉底，但这乞丐的脾气我也摸着了几分，他不会强行乱来。有时我在想，如果他不是神经病，与他探讨哲学，一起吟听柏拉图、罗素的智慧，甚好！

矿区街道不正规，较冷清，电灯昏暗。没见苏格拉底的踪影，但见两条野狗在路边觅食。在我眼中，这些都是风景。

前面那人身影熟悉，再一细看，有点像王荣。他穿着一身黑色的紧身衣服，手里提着一个黑袋子，像是装着什么工具。如真是王荣，我想叫住他，顺便聊几句，看看他近段时间心绪如何。但他走得极快，跟跑差不多，而且他不走街中间，全挑暗处行走。

这人有些反常，再说是不是王荣还不敢确定，所以我没叫他。好奇心促使我朝他的方向悄悄地跟了上去。

拐角处，我看见他接近车库，又见他没有从车库正门进去，而是在翻窗户。我一头雾水，这人在干什么？

直觉告诉我不能再看了，我原路返回。回到寝室，我手托双腮，心想，这矿区可能有什么秘密，但这些秘密与我无关，少知道为妙。

车祸

第二天，我在咨询室看书。

楼虹快步走来说："出大事了！出大事了！"

"什么大事？"我问。

"董事长出差，车子在小龙坎翻了，他摔成了重伤。"

小龙坎我听说过，是距矿区五公里的险要之地。

"听说车子翻入山谷，一个轮胎飞出老远，司机当场死亡，董事长脑袋撞了一个大口子，血染半边衣裳。几个村民将董事长抬回来，宋总马上安排医院组织抢救。这会儿，孙老大正带领医生们在忙乎呢。"

"我去看看。"说完我匆忙朝抢救室方向走去。

我远远就听见宋总打电话焦急的声音："无论如何，要想办法让急救车开进来……受伤的是董事长……"我听出一个大概，不知是山垮了还是路塌了，城里开来的救护车在半途受阻。我想，如果曹猛的伤真像楼虹描述的那样严重，仅凭矿区医院的条件，凶多吉少！

我本想再过去看看，但脑中灵光一闪，将几件事情联系在一起。昨晚，有点像王荣的人，神神秘秘翻入车库，今天上午车就出事了，而且王荣还有修车技能，会不会……再说矿区到城里的路早不断晚不断，在这个节骨眼上救护车就是开不进来。想到这里,我心里打了个冷战,不想再想了。我提醒自己,我只是心理医生,并非警察。

后面的事

救护车开来时,曹猛已经断气。

宋伟亲自守灵,口里叫大哥,眼泪直往下掉。

后来的事情,就简单讲几句。宋伟购买了曹猛的部分股份,成了最大的股东,董事长的位子由他兼任。王荣更加忙碌了,根本没有时间到我这里来,也许他也用不着到我这里来了。

现在的王荣穿着比以前更整洁,精神也比以前更焕发。这个形象与那晚黑衣人的形象相比,简直判若两人。那晚路灯昏黄,我真看错了吗?其实,我更希望自己看错了。

管他是不是王荣,学会遗忘吧!忘掉那些纠结的事情,自己才会快乐。人在世上,要明白自己的位子,知道自己该干什么。我只是个心理医生,不是搞刑侦的警察更不是救世的菩萨,没有必要把任何事情都搞得清清楚楚。狗拿耗子多管闲事,等于自寻烦恼,对心理健康极为不利。

这里的人和事,虽然有我不喜欢的,但也有我喜欢的。有两个恋物癖患者,即将成为我的治疗对象。为心理障碍者减轻痛苦,这就是我喜欢的。

MIND

CATCHER

第三章

恋足癖患者——难以启齿的爱好

和往常一样，我在心理咨询室一边看书，一边等待患者上门。可是我今天等到的不是病人，而是病人的母亲。

　　一个中年妇女走进来，急迫地问："您是秦医生吧？"

　　我点点头，示意她坐下，然后问有什么需要我帮助？

　　中年妇女说："我儿子有些不正常，请您帮我想想办法。"

　　我叫她别急，慢慢讲。

　　中年妇女说："我儿子今年十六岁，初三学生，马上要参加中考了。昨天晚上十一点，我见他房间的灯还亮着，以为他在复习。我轻轻推开门进去，他正在弄电脑，一见我进来慌慌张张地关机。我当时没说什么，但心里担心起来。今早六点半，儿子刚去学校，我打开文件夹一看，发现儿子保存了很多女孩裸脚照片。初步估计，有好几百张。我心想，这孩子不该有什么心理问题吧？我对他的房间进行地毯式搜索，发现床板下面藏着十几双绣花鞋。我突然懵了，脑袋像被什么东西打了一下。这怎么可能呢？我在床边坐了半小时，理了一下思路。将绣花鞋放回原处，就来找您了。"

　　我说："如果只是喜欢女孩的脚，下载图片看看，倒没什么大问题。因为女孩的脚本来就好看，值得欣赏。如果发展到私藏绣花鞋这种地步，应该算作恋足癖。"

　　"恋足癖？"中年妇女紧张起来。

"恋足癖是心理疾病，但并不恐怖，有些有才华的人，比如唐代诗人李白、法国作家福楼拜，都是恋足癖患者。可以这样表达，恋足是个心理问题，并不能说明其道德品质败坏，也不会影响他们事业发展，但过度了，还是应该重视一下。"

"秦医生，我儿子算不算过度？"

"我认为，如果只看女孩脚部照片，或通过想象得到满足，不算过度。如果发展到偷窥、骚扰异性，甚至强迫对方用脚踩踏自己，就是过度了。你儿子私藏绣花鞋，有空时会偷偷欣赏，介于过度与不过度中间，还是应该治疗一下。"

"那我明天就把儿子领来。"

"别急。恋足癖的形成并非一朝一夕，解决问题的过程也比较长，还是等到中考结束了再说吧。你现在要做的，就是别声张，假装什么都不知道。"

中年妇女没有走的意思，她问："秦医生，您能不能谈一下恋足癖产生的原因？"

我按常识解释道："凡是心理疾患，通常在幼年或童年时期就埋下了种子。至于原因，有可能是子女自己的原因，也有可能是你这个当妈的造成的。"

"什么，还可能与我有关？"中年妇女有些惊讶，"秦医生，我想把其中的道理搞清楚，你可否举例说明。"

我不慌不忙地说："先说孩子自身的原因。比如一个几岁大的孩子，路过澡堂时，由于不懂事去偷看。澡堂的门上面是好的，但下面有一个小洞。这孩子蹲下去，从小洞往里看，看到几双在水流环绕下的女人的脚。这个印象太深，反复在孩子脑中闪过。等孩子到了青春期，开始性朦胧了，就有可能出现恋足的倾向。"

说到这里，我一边喝水，一边思考下面的话，决定以守代攻，反问道："我冒昧地问一句，你喜欢自己的脚吗？"

"我？"中年妇女下意识地看了一下自己的脚说，"我自认为身材不错，腿长，脚细，皮肤白嫩，对自己的脚还是比较满意的。"

"我好像找到答案了。在你儿子小的时候，比如他在床上爬，你是否用脚去逗他？或者说你喜欢在儿子面前展示你的脚？"

中年妇女想了想说："有这回事。儿子几个月时，我时常用脚逗弄他。记得有一次我睡着了，醒来一看，儿子正在吃我的脚丫子，就像吃他自己的手一样。我的脚洗得很干净，再说他的样子挺萌，我就没有阻止他。说实话，他的小嘴轻轻地咬我脚丫，像在与我交流。"

我见中年妇女想与我聊下去的愿望强烈，反正她付咨询费，我索性给她讲了些理论："心理分析的鼻祖弗洛伊德，把人的快感分为口腔期、肛门期和性器官期。几个月大的婴儿，正处于口腔期，以吃奶、吃手，包括吃你的脚为快乐。不要以为婴儿没记忆。他把这种快乐记忆在潜意识中并带到成年。现在有些人二三十岁了，还要下意识地咬自己的指甲，就是这个道理。在你儿子这件事上，他在潜意识里，不仅记住了嘴咬东西的快感，还记住了你的脚。到了青春期，本应该由性器官带给他的快感有些错位，在一定程度上迷恋女人的脚。"

我继续说："在你儿子中考之后，你把他带来让我治疗，有两种结果：一种是通过我的心理干预，治好了；另一种是恋足的行为固化，加重。至于哪种情况出现的概率大一些，这不好说，一方面有我的方法问题，另一方面也有你儿子个性特征问题。"

"那怎么办呢？"中年妇女有些焦急。

"也许解铃还须系铃人。我建议以家庭治疗为主，把问题放一放，不去挑明。至于具体方法，我今天还有预约，就不再细讲了。你可以买几本这方面的书，自己先多了解。如果你儿子成年后仍不见好转，你再找心理医生进行干预。家庭治疗实施过程中，如有疑问可以随时来与我交流。"

把关

几个月后，中年妇女给我带来一箱荔枝，说她找到了治疗儿子恋足癖的方法，要我给她把把关。她的家庭治疗可概括为四点：

其一，引导审美观。在日常生活中，多留心观察儿子的所思所想。有一次，儿子说一个央视女主持人漂亮，我赶紧问他，哪里漂亮？儿子说女主持气质好、形象佳、五官也端正。我松了一口气。如果他提到女性的脚，我就格外注意，及时引导。

其二，抓好性教育。儿子现在是高中生了，应对性知识有比较全面的了解。我们是单亲家庭，我亲自给他讲，有些不方便。于是我就拜托他舅舅，给他讲解这方面的知识。

其三，培养好心态。我在心理学的书上看到，恋足患者大多内向、孤僻，不善表达，与异性交往中容易受挫。我儿子言语不多，没有异性朋友。我就鼓励他多交朋友，特别要多与同龄女生交往，全面领略真实的女性美。我想，一个人只要性格开朗了，心态阳光了，就能从恋足的阴影中走出。

其四，鼓励多锻炼。加强体育运动，释放过剩体能，在锻炼好身体的同时，也转移了孩子的兴趣爱好，使之用正能量抵抗不健康的思想干扰。

"你做得很对，归纳得也很好，这就叫母爱！"我点赞后补充道，"要通过恋足癖的治疗，进一步加强和改善母子关系，使你们更加幸福温馨。这样，就将坏事变成好事了。"

和大多数人一样，中年妇女说了一大堆感谢的话，还要了我的联系方式。她说几月后，如家庭治疗没达预期，还会来找我。

是通病吗

一个女士打电话预约，说男友在性事上有点怪异，过于喜欢自己的脚了。好玩，又是恋足癖！

女士如约而至。她一头短发，戴着墨镜，看上去很时髦。她不是矿区的，来自附近城市，同好多咨询者一样，也是慕名前来。

"男人都不是好东西。"这是她对我说的第一句话。

我请她讲下去。

她早熟，在现任男友之前，交了四任男友都不如意。

第一个男友，是她的初恋，她挺有感觉。但这个男人脚踏两只船被她发现了，这是原则问题，当然只能分手。

第二个男友，是个富二代，自认为家里有钱，趾高气扬的，她受不了，主动撤退。

第三个男友，没上进心，交了一群狐朋狗友，成天吃吃喝喝，有时还惹是生非。与他在一起，看不到未来，没安全感。

与第四个男友交往时，这位女士参加了工作，男友是单位的同事。交往几月后，女士感觉各方面都不错，是结婚的理想对象。暗地里，两人同居了。不到两月后，男友去找小姐被逮个正着。尽管男友眼泪汪汪，赌咒发誓地请她原谅，但她认为，自己不能同一个花心大萝卜过一辈子，果断结束了恋爱关系。

到了这时，她有个观念逐渐形成——男人都不可靠。她看见单位的领导、科长之类的，要么好赌，要么酗酒，要么庸俗，总之人品都有点问题。

因为在内心深处对男人有了戒备和恐惧，她两年没谈恋爱。就在她对爱情绝望不已，准备独身一辈子时，现任男友出现了。

现任男友的优点数不胜数。从习惯上说，不抽烟、不酗酒、讲卫生；从物质上说，有房有车、单位不错，小伙子还挺上进；从形象上说，高高的个子，端正的五官，虽说不上是大帅哥，但配她也差不多了；更为难得的是，现任男友对她一往情深，决不会去"采野花"。

她认为生命中的白马王子出现了。她把自己的一切都奉献出去，准备与男友携手走过人生的四季。但自从两人有了亲密关系后，问题出现了。男友特别喜欢她的脚，看电视抱着，闲下来抚摸，时不时嗅几下。男友对她的脚反复亲吻，有时长达一两个小时。

她听说有一种心理疾病叫恋脚症（标准的说法是恋足癖），深刻怀疑男友是性变态。男友其他方面都不错，她舍不得分手，可继续下去又怕男友最终是个坏男人。

她不知该如何办，思来想去决定求助心理医生，听听专家的意见。

摘下墨镜

女士讲完，我补充问："现任男友除了对你的脚感兴趣，他对鞋、袜，或者其他人的脚，是否有异常的兴趣？"

女士说没有。

"我听出两个心理问题：第一，你说了几次，男人都不是好东西，这是一个视角问题；第二，现任男友有恋足的现象，这是一个观念问题。我们逐一分析。"我心里有数了，继续问道，"能简单谈谈你的父亲吗？"

"这和父亲有关系吗？"

"当然有。"我坚定地回答。

"我爸呀，不怎么样，是个酒鬼，醉了要打人，打我妈，有时还打我。"

"在你眼中，你爸也不是好人？"

"他是不完美，但毕竟是我爸，我不至于说他是坏人吧！"女士略想了几秒答道。

"今天太阳并不大，你为什么戴着墨镜？"

"从十三四岁开始，我就喜欢戴墨镜。我觉得戴上墨镜很酷，而且看什么都清爽。"

"但就是这个墨镜，给你强烈的心理暗示，就是看什么都一个颜色。我再说具体点，你心灵上也戴着一个墨镜，这个墨镜是你父亲。你通过父亲这个墨镜看其他男人，觉得他们都有缺点，都不是'好东西'。在现实生活中，你定位了'男人都不是好东西'，再去搜集证据来证明他们的坏，这是你的视角偏差。"

她愣在那里，像在思考。

我想把理论讲得更清楚，接着说："人有意识与潜意识之分。在你的意识里，父亲尽管有缺点，但终归是父亲。在你潜意识里，你对父亲持完全否定态度，认为他不是一个'好东西'。而你从小接触最多的男人就是父亲。我前面说过，父亲等于墨镜。你通过这个墨镜看全世界的男人都不是'好东西'。这是你的心理根源。"

她认可了我的观点，问我该怎么办？

"听说过'洁癖'这个心理学名词吗？"

她点点头。

"有洁癖的人，认为自己手不干净，要反复洗、拼命洗。你在男人问题上，也有洁癖，认为男人都是坏的，要反复找，拼命找出男人的缺点。"

她说道理懂了，问我怎么才能治好"洁癖"。

我说了三点：

"第一，请你马上摘下你的墨镜，还世界本来的面目。

"第二，回家找父亲长谈一次，准确看待你父亲的优缺点。不要认为你父亲没优点，他肯定有，只是你缺少发现。

"第三，把其他男人的缺点分为原则性和非原则性。对非原则性缺点，要淡化处理。'水至清则无鱼，人至察则无徒。'世界上没有完全纯洁或者完全美好的事物，男人也如此，大体好就行，不能苛求。"

她果断取下墨镜，四处看了看。

"世界美丽吗？"我问道。

"嗯！五颜六色。"她微笑着答道。

"这就对了。我们探讨下一个问题。"

恋足男人是块宝

"你认为恋足的男人不正常，是性变态，对吧？"

"当然不正常了。你想，臭脚丫子他还亲吻如蜜，想起来就恶心！"

"把脚洗干净就不臭了。"

"洗干净还是臭，想起都臭。"

我指出这是一个观念问题，问她："如果男友亲吻你的乳房，你会说他变态吗？"

"不会。"

"那就对了。女人的乳房是公认的性敏感器官，符合逻辑，是普遍能接受的观念。"我见今天来咨询的人不多，就把话题扯远了点说，"人在猿猴阶段，手脚没有分离，女人（准确表述是雌性类人猿）最重要的性敏感器官不是乳房，而是臀部。有交配冲动时，雌性会扭动臀部，以吸引雄性的注意。随着人类的进化，手脚分离，人站起来了。女人的乳房比男人大，很容易进入男人的视线。当女人想交配时，就会挺胸收腹，展现乳房，以此'勾引'男人。乳房大的女人，得到交配的机会就会增多，繁育后代的概率就增大。基因一代一代地传下来，乳房就代替臀部成为重要的性敏感器官。我讲这些不是与你闲聊，而是说性敏感器官是可以转移的。"

她若有所悟："秦医生的意思是，男友将我的脚视为性敏感器官，虽不符合常规观念，但无伤大雅，对吧？"

我回答："我再三强调，只要不太过分，这只是一个观念问题。有些心理学家认为，脚与性素来紧密相连。在古代，某些少数民族认为裸露脚比裸露生殖器更可耻。这也是个观念问题。你这样想吧，既然有男人痴迷于女孩的脸庞，痴迷于乌黑的头发，你男朋友为什么不能痴迷于你的脚，为什么不能吻你的脚？所以说，如果你的观念接受了，一切就OK了。"

她想了想，又说："为什么我男友就将脚视为性敏感器官，而其他大多数男人则不是这样？"

我解释道："按照弗洛伊德的观点，恋足的原因与童年生活经历有关。假设你男友母亲强势，幼年的他就会对女人产生畏惧心理。成年后，你男友面对女人时会有一定的自卑感。当他有生理需要时，很容易对身体'卑下'的器官——脚，产生异常的好感。"

我把话又说回来："当然，这只是弗洛伊德的观点，是否适合你男友，还得具体问题具体分析。你大可不必为此烦恼，恋足的男人只要不太过分，好处多多。如果我的男友恋足，我会将此看为优点，也许还促使我早一点嫁给他。"

她的眼神有些迷惑。

"从心理学的观点讲，恋足男人有受虐气质，会把他喜欢的女人当成女王来看待。"

她眼睛瞪得大大的，一副洗耳恭听的样子。

我接着说了三点：

"其一，恋足的男人是'艺术家'。他们通常感情细腻，想象力丰富，心中充满浪漫情怀。你想想，跪在你面前，亲吻你的脚，这样的温馨氛围难道不让你迷醉吗？

"其二，恋足的男人通常不花心。有心理学家分析，恋足情结产生于心灵深处，是一种稳定的心理状态。恋足者的性爱模式或性爱对象一旦确定，是不易改变的。这是恋足者不易花心的心理根源。你有个不花心、不去'采野花'的男友是该珍惜的。

"其三，恋足的男人心疼爱人。包括男人在内的雄性动物，攻击性通常较强。而恋足者不一样，他们通常感情深沉，性情柔和。你想想，下班回来，你男友说上几句温柔体贴的话，再给你捏捏脚，那感觉多美妙。"

为了给咨询锦上添花，我又向她交代三点：

"其一，保守秘密。你男友的恋足癖千万不要对其他人讲，即使是你最亲密的朋友也不能讲。我们国家的文化，仍然视恋足为变态心理。如果你说出去，只会遭到别人的误解和鄙视。

"其二，保持优雅。对于你男友来说，你有一双美丽的脚，这是你的核心竞争力，你应该保持优势，使脚尽量优雅，更具吸引力。我举例说明，在公共场所尽量不脱鞋，勤剪脚指甲等，都是保持优雅的好方法。

"其三，不要过分。在心理学上，过度的东西都不好。如果你男友恋足太过度，比如一个人出差也要带着你的鞋袜；又比如，每天不摸你的脚就睡不着觉，那就过分了，应该看心理医生。"

恋足癖的治疗，就讲到这里吧。通过这段时间的实战，我越来越喜欢矿区，因为这里有那么多的患者等待我去治疗。

MIND
CATCHER

第四章

精神分裂了——疯子的世界光怪陆离

上午，楼虹对我说："秦医生，宋总打来电话，叫你到他办室一趟。"

"哦，好。"我随口回答。

宋伟的办公室在五楼。我走上去时，他正送走一个客户。见我来了，他很有礼貌地将我迎进门，示意我坐在老板椅对面的位子上。他举止得体，看不出有任何非分之想。

我有点怪自己多疑了。何况宋伟的性取向是什么，以及是否对女人感兴趣，我并没弄清楚。搞心理学的，当然要知道自己的心理。我为什么要这么多疑？是对我男友的情愫未断，想保住清白之身。而我一个弱女子，身处异地，自我保护意识自然较强。

宋伟坐定后说："秦医生，我今天下午正好有空，请你来聊聊神经病的话题。"

"哦！宋总这么忙还对此话题感兴趣，真难得呀。"我不想与他闲扯，于是说，"你说的神经病，就是心理学上的精神分裂症吧？"

宋伟答是，然后要我介绍几个真实的治疗案例。

"在我的治疗经历中，精神分裂症是常见的。"我迅速打开记忆之窗，搜索几个出来。

A男士

特点：受迫害妄想

他在县城开一家副食店，虽然竞争激烈，但好好经营，一家人的温饱不成问题。可惜他病了，不是一般的病，而是精神分裂症。

他多次怀疑老婆被污辱了，频繁报案，派出所知道他脑筋有问题，不出警了。

后来，他又幻觉他老婆被高科技技术监控，逢人便说他全家的不幸。别人不相信，为寻找证据，他蹲点守候，躲在角落里，一蹲就是一个晚上。风把树叶吹下来，路灯有了影子，或者住户开关灯引起光线的变化，他都认为找到了被监控的证据。

再后来，他不能正常做生意了。别人买东西免不了要讨价还价。人家一开口，他就认为是黑社会收保护费说的暗语，就与别人争执。如此几次，老客户都被得罪光了。

大家都说他疯了。他却说自己没有疯，是别人不理解、不相信自己。他抑郁、痛苦，觉得所有人都在奚落他。

B女孩

特点：喜欢红色到变态程度

上学，喜欢反复看老师用红笔批改的作业。

上街，喜欢看别人穿鲜红的衣服。

看电视，喜欢看日本动漫，最好是讲鬼的，有些血腥的。

红色，代表积极、热烈和生命的活力。喜欢红色的人很多，很正常。但她不正常，她喜欢红的口味过重。重到什么程度？如一时半刻看不到红色，就心慌难受，实在不行，就咬破自己的手指，看着鲜血一滴一滴地往外流。

有这种事？

对！就有这种事。她是我曾经医治的一个病人，百分之百真实。

C女士

特点：幻觉中出现不存在的人

莫言小说《红树林》中，有一个现实中不存在，但全知全能、无所不在，又能推动情节发展的"我"。

文学大师莫言运用的是一种叫魔幻现实的创作手法。而C女士呢？是精神出了问题，总认为生命中出现了一个"人"。这个"人"随喊随到，与自己交谈，与自己吵架，甚至与自己谈恋爱。当这个"人"要离去的时候，她特别痛苦。

在别人看来，她疯了。因为她经常一个人对着墙壁说话，莫名其妙地大吵大闹，甚至摔东西。

她认为自己没疯，而是在与那个"人"说话或吵架。

听完后，宋伟问我："秦医生，你对精神分裂的相关理论熟悉吗？"

"说到理论，谁都不敢说熟悉，我只是略知一二。"我说。

"那你给我讲讲吧。"

"那不行，系统讲要很长时间。"我本想推脱，但觉得如一点都不讲，恐怕说不过去，于是说，"精神分裂简单说来，就是大脑出了问题，出现幻觉、幻听、幻想、多疑、狂妄、冲动等症状。"这方面的书我看过，但对理论记得不多，我怕言多必失，毕竟在宋伟眼中，我是个心理专家。

宋伟点点头，对我的回答表示满意，然后问："如果我们这里有了精神分裂病人，会危害他人吗？"

"看是什么类型了。精神分裂有狂躁的，也有安静的。"我略为停顿说，

"其实,我们这里已经有了精神病人,但对矿区也没多大负面影响。"

"谁?"宋伟问。

"乞丐,苏格拉底。"我答。

宋伟微微一笑,没说话,若有所思之后,讲出了真实意图。

参加破案

宋伟说:"前几日,有人去森林打猎,见到一堆骨骼,骨头上还有牙齿的撕咬印。开始以为是山里的豺狼所为,拿起骨骼仔细一看,上面的肉是被煮熟的。动物不会生火,显然是人为。猎人觉得蹊跷就报了案。县公安局的刑警来看了现场,初步确定为人骨。他们知道矿区医院有一名心理医生,点名要你参加破案。"

我笑了说:"宋总,我与人交流,疏导一下心理还可以。破案,我可什么都不懂。"

宋伟略带笑容说:"人家需要你的专业知识。据刑警判断,这是一个精神病人所为。你想想,这年头难道还缺吃穿?正常的人用得着吃人肉吗?"

我知道了,宋伟刚才东拉西扯聊精神分裂症,是进一步考察我是否有这方面的知识。否则他把我推荐出去起不到应有的作用,自己脸上也无光。他这人,心思缜密,做事一环扣一环。

参加破案又是一种新奇的体验,我爽快地答应下来,然后问宋伟还有没有其他交代?

宋伟说:"要注意两个人,一个是乞丐苏格拉底,他的失踪是否是畏罪潜逃?"

我说:"是啊,您不提醒的话我还没朝这方面想,这几天是没见到苏格拉底。但畏罪潜逃可能说不上,如果他还有周密的计划,那他就不是精神分裂症了。"

宋伟颔首，表示赞同我的观点。他没有再说苏格拉底，转而说："另一个要注意的人是孙燕祥的老公，段青。"

"孙燕祥，就是服务中心的副经理？"

"对，就是她。这段时间，我也为这事烦着呢。段青一天到晚疑神疑鬼，还到处与人说我与他老婆有奸情。"

"嘿嘿！"我半开玩笑地说，"没想到宋总还有绯闻。"

"什么绯闻！"宋伟有些无奈，"段青说我污辱他老婆，还要杀他。简直荒谬至极，这是一个正常人说的话吗？"

"所以您就怀疑，他精神有问题？"

"不仅我怀疑，好多人都怀疑。"

这时宋伟手机响了，他看了一眼后急匆匆地说："我有其他事要处理，下午你去县公安局，车我给你安排好了。"

专家是这样炼成的

下午，县公安局办公室，我侃侃而谈：

"在现实生活中，我们经常见到的'疯子'，他们的病情可以分为两个阶段，即精神分裂症的发病阶段和情绪情感障碍阶段。这两个阶段很好区分。

"发病阶段的'疯子'打扮怪异，表情麻木，眼神冷漠，浑身脏兮兮的，喜欢收集垃圾作为随身物品。这个阶段，他们的行为没有目标，大多数是依靠幻想来指导。他们不合群，不与人交往，思维极度贫乏。就算你叫他，他也不会理你。他们有些外在表现，比如唱歌、念念有词、时说时笑。但在此阶段，不存在主观故意的犯罪行为，因为他们活在自己的世界里，内心没有冲突。如果这个阶段出现犯罪，目的都很单纯，比如饿了就去抢食物，冷了就去偷衣服。

"矿区的苏格拉底我认识，他的种种外在表现，说明他处于发病阶段，故意恶性犯罪的可能性很小。再说，矿区有好几个食堂，还有几家饭店，剩菜剩饭不少，不可能出现他没食物而去煮人肉吃这种情况。

"精神分裂症导致的恶性案件，大多发生在情绪情感障碍阶段，也就是精神分裂症的前期。在此阶段，内心冲突严重，社会功能退缩，与人交往迅速减少，开始产生幻觉，并在幻觉的驱使下，紧张感和不安感明显加强，自知能力缺乏，往往会无缘无故杀人。"

"秦医生，矿区的段青应属于这个阶段吧。看来，他作案的可能性最大。"发言的是刑警队赵队长。听他的口气，他对矿区情况作了摸排，可能还和宋伟交谈过。

"段青我不认识，他属于哪个阶段，我不便下结论。"我要给自己留些余地，"各位警官，理论和实践往往存在差别，我讲的是普遍规律，而个体差异是不可预料的。所以说不论是苏格拉底还是段青，都不能排除作案嫌疑。"

"秦医生的一席话使我们茅塞顿开。我们的调查重点，要从段青切入，同时也要派出少量警力寻找苏格拉底的下落……"赵队长安排完工作后，再次对我表示感谢，还说他与宋伟讲了，下一步仍要请我协助，比如参加对段青的问讯。我也欣然受命。

段青

刑警们分成几个组在矿区走访，我与赵队长一个组，目的地是矿区酒店。

矿区酒店是公司下属企业，酒店经理是段青，副经理是卢佳秀。段青最近身体不好，神智有些异常，宋伟就安排段青的妻子孙燕祥代管酒店。据说，这两口子到矿区前与宋伟交情不错，来这里也得到了宋伟颇多照顾。

段青刚走进来，我就觉得怪异，大热天的他还穿着长袖衬衣，脖子上、手腕上的纽扣扣得严严实实，任凭汗水浸透。

赵队长："段经理，你怎么穿这么多呀？"

段青："这叫三大纪律、八项注意。"

赵队长："最近森林发现人骨，还是被煮熟了的，你知道这件事吗？"

段青："月亮上的吴刚与嫦娥，都知道我们酒店的菜好吃。"

这几句简单对话透露出段青的精神确有问题。我想起心理学教材讲到，与精神分裂症患者交谈，常有"费劲"的感觉，因为患者思维缺乏连贯性和逻辑性。

见段青说不出所以然，赵队长中止问话，请来孙燕祥问起段青的病情。

孙燕祥："段青病了好几个月了，时好时坏。发作时，就像今天，说话东一句西一句的，不在点子上。没发作时，疑心又重，怕我跟哪个男人乱搞，时常跟踪我。"

赵队长："怎么不送精神病医院？"

孙燕祥："十几年前，段青的奶奶精神出了问题，症状是说话糊涂、自言自语，送到精神病医院强行打针吃药，病情没好转反而越来越严重，后来连家人都不认识了。段青现在病情还不是很严重，我想把他留在家里，吃点中药，进行保守治疗。"

我插话："精神分裂症以生物学原因占主导，不排除基因遗传。从临床实践来看，西药效果好一些。我们医院的王医生是学神经内科的，可以开这方面的药。"

孙燕祥应答后，赵队长又将话题引到破案方面。

孙燕祥："我可以打包票，段青不是'食人狂'。他头脑虽不清醒，但我将他看管得很严，他应该没有作案的时间和条件。就算他有精神分裂症，病情也没发展到杀人的地步。"

我暗道，发展到苏格拉底那步就不易杀人了，现在正是危险期。我刚想说点什么，一个穿职业装的女人推门进来，神色有些慌张。她没管我和赵队长，径直对孙燕祥说："孙经理，段大哥又在……"

孙燕祥问："又在做什么？难道又犯病了？"

"段大哥拿了把刀，嚷着要杀人。他还说你与……"

"说我与别人有染，对吧？"孙燕祥转过头，对赵队长说，"段青发病时就把我当成潘金莲。我无奈，也无语。唉！"

问讯进行不下去了，我们帮着孙燕祥，对段青又哄又拉，才将他弄进屋，逐渐安静下来。

回去的路上，赵队长问我如何看待今天的事？

我说："从段青的表现来看，他患的是精神分裂症的一种，叫被迫害妄想症。当然，如要确诊还需要科学检测。"

赵队长说："段青在这个阶段是可能杀人的？"

我说："这我就不好讲了，是否杀人还是靠你们找证据，不能从现象上推断。"

回到医院，我去王医生那里拿了点药，让楼虹给孙燕祥送去。

我想先让段青吃一段时间药，等赵队长他们调查结束了，如果段青不是凶手，我再对他进行心理治疗。但我没想到几天后，"食人狂"再次出现，而这次调查的矛头直指段青。

重大嫌疑

报案人是卢佳秀，也就是我和赵队长去问讯时，跑进来的那个穿职业装的女人。她在回酒店途中遇到了"食人狂"。她拼命挣扎，衣服被撕掉一块，最终逃脱。她提供了一条重要线索：挣扎时，"食人狂"右手被她咬了一口。

赵队长问："你看清他的模样吗？"

卢佳秀答："没有，他戴着面具。"

赵队长又问："你挣脱后朝哪个方向跑的？"

卢佳秀答："我朝酒店跑，那人跟着我追，但我跑到酒店后那人便不见了。"

赵队长手一挥说："专案组全体，去矿区酒店。"

孙燕祥出差去了，段青还没起床。

赵队长把酒店里的人集中起来，一个一个地查看，没有人手腕上有咬印。

段青睡眼惺忪地走出来问："怎么了，出什么事了？"

赵队长没答话，上前一把抓起段青右手，只见手腕处有个清晰的牙印。

赵队长叫大家解散，对段青说："你随我进屋。"

屋内，赵队长直奔主题："段青，这牙印是谁咬的？"

段青看了一眼牙印说："我老婆咬的，怎么了？"

赵队长严厉地说："段青，说实话，到底谁咬的？"

段青不解地看了看赵队长说："真是我老婆咬的。"

赵队长问："怎么没见孙燕祥？"

段青答："她昨天下午出差，没回来。"

可能是服了西药，段青在回答问题时，逻辑关系清晰了。

赵队长又问："孙燕祥什么时候咬你的？"

段青答："昨天晚上。"

赵队长冷笑一声说："孙燕祥昨天下午出差，昨天晚上怎么能咬你。段青，我劝你说实话。"

段青强调他讲的是实话，然后详细讲了经过。

昨晚，段青吃完晚饭后散步，在山脚下远远看见孙燕祥的影子，他心想，自己的老婆下午就出差去了，心中疑惑顿生。

他跟踪的老毛病犯了，跟着孙燕祥朝山上走去。几拐几绕，孙燕祥进了一个山洞，点燃一支蜡烛。借着昏黄的烛光，段青一看，对，是孙燕祥，虽看不清她的脸，但从穿的衣服和发型上看，一定是她。

这时，孙燕祥将蜡烛放下，前走几步，抱上了一个什么东西。段青瞪大眼睛仔细看，那个东西有手有脚，是个男人。

段青气得青筋暴起、怒火沸腾！还说出差，实际上是与野男人幽会来了。这口气如何吞得下去！

段青大叫一声朝洞内奔去，由于跑得快，扇起的风将蜡烛吹灭了，洞内一片漆黑。

段青一把抓起男人，向后一拉，男人应声倒地。孙燕祥呢？段青再一抓，没抓到。突然，段青右手被抓住，然后被狠狠地咬了一口。段青因疼痛本能地大叫一声。"臭婆娘，偷人不说，还敢咬我！"段青本想抓住孙燕祥暴打，但她朝洞的更深处跑了。由于对洞里的情况不熟，段青不敢往里追。

这时，段青想起"奸夫"没跑，而且就躺在自己不远处。他走向前，用力踢了一脚。"哎呀！"段青抱着脚大叫。踢到人身上，怎么跟踢在石头上差不多？段青蹲下去摸，这不是一个真人，而是一个木人穿着衣服。真见鬼了！段青不敢在洞里多待，赶快跑回家。进了家门，他喘着粗气，用手掐了一下自己，感到疼痛。这不是做梦！怪事，怪事！段青受了惊吓，上半夜睡不着，致使今天早上起不了床。

段青讲完，赵队长叫他带路，去山洞。现场查看，没有穿衣服的木人，连蜡烛的印痕都没有。山洞内有多个岔洞，四通八达，不知通向哪里，也不知是否有别的出口。

段青愣在那里，他不能自圆其说。

赵队长问到孙燕祥的手机号，拨通后简单对质。孙燕祥说并无此事。赵队长身旁的警察说："把段青带回局里审问。"

"我没撒谎，我没撒谎！"段青大叫。

"秦医生，明天我审段青，再麻烦你一次，你来做记录。"赵队长说。

我口里答好，心里有种隐忧：段青精神分裂症刚好一点，会不会受刺激，致使病情反复？但事实印证段青讲了假话，我也不能为他开脱。说实在的，"食人狂"是谁，与段青有没有牵连，我心里也没底。突然，我想到一个问题，有必要提醒赵队长。

"据卢佳秀讲，'食人狂'戴着面具。通常情况下，精神分裂症患者的思维不会如此缜密。"我说。

第二天，赵队长打来电话："秦医生，今天没法进行审问了，段青疯了！"

"疯了？！"果然不出我所料。

"自从昨天被关后，段青吞食苍蝇、玩弄粪便，晚上不睡觉，一阵阵傻笑。不知道他是真疯，还是装疯。"

"前段时间段青的精神就有问题，可能是真疯吧！"我不是很肯定地说。

诱发因素

我到医院上班，空闲时整理治疗日志。我写道：

诱发精神分裂的因素有许多，对于段青来说，主要有以下三种。

一是环境因素。

我了解到，段青家境贫寒，一直靠孙燕祥家接济才勉强度日。初中毕业后，段青辍学，到孙燕祥父亲开的饭店打工。两人青梅竹马，接触时间多了，自然产生了感情。孙燕祥父母见段青老实勤劳就没反对。

几年后，孙燕祥父母相继去世。段青小两口经营饭店，但实际上的老板是孙燕祥。

孙燕祥为人泼辣，性格强势，综合能力又在段青之上。她时常对段青呼来唤去，有时还骂上几句。

在这种环境里，段青心情压抑。

二是性格因素。

经研究，40%的精神分裂症患者具有孤僻、冲动、冷淡、多疑、攻击等性格特征。段青给人的印象是不爱说话、性格内向。他一直怀疑孙燕祥出轨，显示出性格的多疑。至于是否有冲动、攻击等性格特征，暂时不能定论。

三是精神刺激。

一般认为，生活中的一些意外事件可以诱发精神分裂症，比如夫妻不和、意外事故等，均对发病有一定影响。

段青夫妇来到矿区后，段青虽是酒店经理，但酒店属于服务中心管理，而作为服务中心副职的孙燕祥，直接领导段青。段青内心失落，自尊心再次受到打击。负面情绪的积累，诱发了他的精神分裂。本来吃药后病情好了一些，但这次不能自圆其说，又受刺激了。

我感觉段青可能是被冤枉的，但"食人狂"究竟是谁？"食人狂"有没有精神方面的问题？这些都不清楚。我只是一个心理医生，不是赵队长那样的警探，只得耐心观察事态的发展。

真相

后来一段时间，赵队长没有邀请我参加侦破工作，也许是他们另请心理专家了，也许是破案不需要我的专业知识了。我懒得去想原因，因为我参与的积极性大大降低。在医院做咨询按收入提成，参加破案没一分钱补贴，只拿底薪。对于我来说，还是想挣点钱，为今后创业打下物质基础。

两三个月后，"食人狂"的案件破了，陆续传出一些消息，让我意想不到。

"食人狂"是谁？是卢佳秀。想不到吧！

这一切均是卢佳秀导演的。她当上酒店副经理后，一门心思想往上爬。她看到段青病怏怏的，认为转正的机会来了，可工作能力没有得到宋伟的认可。宋伟派孙燕祥来代管酒店，她仍然是个副职，平时工作以外勤为主。她嫉妒得发狂，做梦都想踢走这个占着茅坑不拉屎的段青。

有一天，卢佳秀在街上看见了苏格拉底，此人似曾相识，再仔细一看，老天，是他，曾经的恋人，恨不得剥其皮食其肉的大仇人。但究竟是何仇恨，外人一直不得而知。

卢佳秀来了个一石二鸟，诱杀了苏格拉底，再将他的骨头煮熟，把肉咬掉，嫁祸于段青。

据说，关于山洞内发生的奇闻，卢佳秀是这样交代的：那天孙燕祥出差后，卢佳秀穿着与孙燕祥同样的衣服，梳了同样的发型，将段青引到山洞中。她点上一支蜡烛，然后抱着一个放在角落的木人，装出偷情的样子。

段青大怒，快步跑来，一把将木人拉开，这时蜡烛被风扇熄了。卢佳秀趁机咬了段青一口，然后躲在岔洞中。段青离开后，卢佳秀将木人分解，搬进岔洞藏好，然后处理掉蜡烛痕迹，才出去报假案，说遇见了"食人狂"。

至于木人的来历，卢佳秀这样解释：有一次到山上采蘑菇，无意间发现了山洞，走进去后看见了这个木人。她一看，木人身上有许多被打击的痕迹，知道这是古代江湖人练功的器械。再一看，这木人做功精巧，手可弯曲，四肢可分解。突然间，她计上心来，给木人穿上男人的衣服，等待机会的到来。

质疑

真相揭晓，杀人犯被抓，矿区又恢复了往日的宁静。我呢？心里略有些难过——再也见不到苏格拉底了。我也不知道为何会有这种感伤，大抵是观察事物的兴趣与角度与众不同，天生适合当心理医生吧。

突然，我想到一个问题，卢佳秀有没有精神分裂症？一个正常的人，如与某人有深仇大恨，将仇人杀了再砍上几十刀，是有可能的。但将仇人杀了，煮熟，再啃上几口。这种想起都恶心的事情，一个正常的人做得出来吗？

会不会是卢佳秀将苏格拉底杀了，煮熟后，叫一条狗来啃的？也不对，赵队长不是傻瓜，人的牙印与狗的牙印应该不同吧？

那是怎么回事呢？最合理的回答是，卢佳秀有严重的心理问题，并患有间歇性精神分裂症。

精神分裂症，大体可分为狂躁型与抑郁型，也可称为阳性与阴性。阴性精神分裂患者隐藏较深，只有在发作时举动才异于常人。如卢佳秀是精神分裂患者，她应该是阴性的。

想起一个案例。上个世纪七十年代，美国旧金山发生一起吃人事件。在一个偏僻地区，一家幼儿园的一名小孩失踪，两天后，警方找到了被撕咬过的骨骼。一时间，家长和幼儿园都紧张起来，幼儿园的园长亲自坐校车，把小朋友们一个个送到家，亲手交到家长手中。此后几个月，又有两个小孩失踪，连尸体和骨骼都没找到。半年后，警方破案，凶手竟然是幼儿园园长，一个面相和善的中年妇女。她亲自接送小朋友，是为了熟悉情况，为后两次作案踩点。经权威机构鉴定，园长具有反社会性人格，而且患有间歇性精神分裂症。

我拨通赵队长的手机，说卢佳秀的精神方面可能有问题。

赵队长哈哈一笑，婉言说我是职业敏感，看见谁都是神经病。

碰了个不大不小的钉子，我挂了电话，骂了自己一通。从此，我再懒得管这事了。

心理治疗

卢佳秀的事我不管，但段青的治疗要进行。经过思考，我制定了以药物治疗和心理治疗为主，家庭治疗和运动治疗为辅的医治方案。

经过一段时间的药物治疗后，段青的病情得到控制，精神症状好转，躁动情绪减弱，逻辑思维基本正常了。这时，我开始进行心理治疗。

我问段青，如何看待自己的症状？

前几次谈话，段青客观原因找得多，自己的原因找得少，对孙燕祥的认识是模糊的，只看见她凶巴巴的一面，没看见她关爱自己的一面。

我给段青讲了一些道理和事例，引导他对夫妻如何相处的思考。请注意，作为心理医生，通常是引导患者思考，却不能代替患者思考。

直到有一天，段青对我说："我以前就是妄想过多，疑心过重，其实孙燕祥对我也比较好。我现在认识到她很忠诚，我怀疑她出轨是没有自信的表现。"

我为段青的感悟而鼓掌，鼓励他继续说下去。

段青说："我很爱孙燕祥，但爱的方式不对。在同一个单位，我与妻子好像在竞争，一旦争不赢，她的职位比我高了，我就想象她有缺陷，想方设法地降低她在我心目中的形象，以换取自我价值的满足感。"

我微笑着说："好，很好！你会分析了。"

段青继续分析："刚开始是靠想象来满足心理平衡，后来冥想过度，就认为孙燕祥真出轨了。我去找她谈，就闹起了矛盾。现在想来，自己的行为真荒唐。"

我高兴地说："恭喜，恭喜！你从妄想状态中走出来了。但我还想为难一下你，问你两个问题，可以吗？"

段青说可以。

我问："如果有一天，孙燕祥真出轨了，你将如何处理和看待？"

"这……这……"段青没有想到这个问题如此刁钻，愣在那里不知如何回答。

我解释说："我也相信孙燕祥不会出轨，我说的是如果。你把这个问题想清楚了，今后你受到感情方面的刺激，就不会再犯病了。"

段青沉默一阵，然后说："如果她真出轨了，就随缘吧！"

我接着问第二个问题："好何看待你的能力不如妻子的问题？"

段青说："这是事实，她的能力确实超过我，使我挺自卑。有时我想找个能力差一点的妻子，也许会幸福些。"

显然，段青的观念有问题。我问："你理解的能力，是指工作能力吗？"

段青答："嗯，主要是指工作能力。但除了工作，她其他方面也比我强。"

我直接引导，谈了我的观点："工作能力的强弱，是由多方面因素决定的，也不是短期内能弥补上。而性格没有高下之分，外向就一定比内向好吗？不一定。她外向，你内向，正好互补。她工作能力强一点，你不应嫉妒，应该给她鼓掌。要把夫妻看成一个整体，在相互欣赏中取长补短、共同进步。你要认识到，你自己还有许多优点，比如你老实肯干等。建议你把自己的优点找出来，放大优点，接纳自己。"

通过心理治疗，段青拓宽了心理自由度，消除了内心隐患，解除或舒缓了不愉快的情绪，促进了病情向好的方向发展。

家庭治疗虽然是治疗精神分裂的辅助疗法，但对于段青这类患者却是必需的，因为解铃还须系铃人。

我与孙燕祥多次聊天，向她灌输了四个理念：

一是关爱理念。患病的人心理是脆弱的。在治疗期间，多给患者一些关心与爱护，就能增加了解，增进感情。作为精神分裂症患者的家属，一定要督促其按时服药，养成良好的治疗习惯和生活习惯。

二是欣赏理念。尺有所短，寸有所长。要发现段青的优点，不要只看他的短处，更不能用自己的长处来比他的短处。我告诉她，丈夫是拿来爱的，不是拿来出气的。对于段青，要多竖大拇指赞扬，少竖食指责备。

三是共进理念。夫妻之间是一个整体，责任共同面对，后果共同承担，快乐共同享受，在生活中要不断完善自己，并促进对方共同提高，这才是夫妻相处之道。通过交流，孙燕祥认识到自己不足，转变了观念。

四是锻炼理念。运动能提高患者的身体素质，改善患者的精神状态，使其更好地康复。我给段青制订了一个为期三个月的锻炼计划，让孙燕祥督促实施。

段青的治疗就这样告一段落。下一章，我们一起研讨焦虑症。其实，焦虑无处不在，就算当心理医生的我，也有焦虑的时候。

MIND

CATCHER

第五章

怎么会焦虑——红尘本是烦恼的染缸

他十七八岁，高中学生，眉宇间稚气未脱。严格说来，他没心理问题，只有属于他那个年龄的轻狂与烦恼。但他来了，愿意付咨询费，我就得接待他，与他讨论早恋等问题。

刚开始是气氛轻松的聊天。过了半小时，他突然从对面坐过来，与我并排，右手抚着我的肩。我心中诧异，但没有急于甩开他的手，而是顶着压力与他继续交谈。十分钟后，一个问题讲完了，我说："我们开始讨论下一个问题，你坐到对面去。"

可是他的手并没有从我的肩上移开，而是左右摇了几下说："姐姐，这样的感觉很温暖，我想与你谈恋爱。"他说话时，声音轻柔，但眼睛不敢看我。

这个突发事件，是我没遇见也未曾想到的，但我不能慌乱，也不能对他大声斥责。

我爽朗地一笑，站起来与他的手脱离接触，然后说："小弟弟，我大你好多岁，根本就不是一个年代的，谈什么恋爱？你真会开玩笑。"说完，我坐在他对面，继续说，"我们还有三个问题没讨论，抓紧时间，还有其他人等着咨询。"

他见我一本正经，不敢再说谈恋爱之类的，咨询又回到正轨。顺便说一下，他没有心理问题，只是被溺爱过度——家境优越，父母宠爱，老师也关照他。他来心理咨询只是觉得好玩，混时间罢了。

这个小毛头让我焦虑吗？不。他只是我工作中的一点花絮。真正让我焦虑的，是另一件事。

我的焦虑

一日，细雨迷离，天色阴暗，整个矿区雾气弥漫。这样的天气，来咨询的人不多，我落得清闲，拿出书来翻看。

"咚咚！"两声敲门声传来。我还没说请进，门就被推开了。我抬头一看，是孙院长。哦，领导来了，我自认为情商不低，迅速站起来，带着笑容说："孙院长来视察工作了！"

孙院长回之一笑，边向里面走边说："不是什么视察工作，小秦，你太客气了。"直觉告诉我，他的笑容有些诡异。

果不其然，孙院长走近我，右手搭在我左肩上说："坐，别把我当领导。"他在按我坐下的时候，不是整只手用力，而是先从拇指用力，然后松开，然后食指用力，以此类推，最后是小指用力。在此过程中，他一直面带微笑地看着我。这是一个比较明确的肢体语言，想传递一个什么样的信息？

怎么应对？我大脑飞速运转，佯作不懂，随着他的压力迅速坐下，然后手指对面说："孙院长，您也请坐。"我真怕他一屁股坐在我身边，又像那个高中生那样抚着我。

还好，孙院长按我所指，有些不情愿地坐到我对面的椅子上。

"孙院长，有什么事吗？"

"哦！没什么大事，心里有些闷，就想找你聊聊。"

"有什么烦恼跟心理医生讲讲，对排解压抑有好处。"我说"心理医生"

这四个字时加重了语气，意在提醒他，我是这里的医生，不是歌舞厅的小姐，你别乱来。

孙院长顺水推舟地大倒苦水，说老婆对他不好，他才离开东北，自个儿出来谋生。

我有一句无一句地应答着，假装听不出弦外之音。我不与他深入讨论，他也感到我对他的家庭生活不感兴趣，于是换了话题，说现在到外面打工的很多。有些夫妻因天各一方而感情疏远了，有些人为了彼此照顾，就在打工地组成了临时家庭。

再傻的人都听得出来孙院长的言外之意。原来我还怕宋伟对我实施潜规则，没想到他才是真有此心。说实在的，他是癞蛤蟆想吃天鹅肉，我根本没将他放在眼里。

这时，有人来咨询，谢天谢地，不然这孙老大可能要纠缠我一上午。

中午到食堂吃饭，孙院长就坐在我对面，隔了两张桌子。他挤眉弄眼地挑逗我，我视而不见。

这时，我特别想念我的男朋友，与他在一起时有他遮风挡雨，哪有这种烦恼。看这样子，我有些焦虑了。

后来几天还好，孙院长除了语言暗示，并没有动手动脚。有好几次，他碰了软钉子不得不从我身边滚开。我从他欲火中烧的眼神中，预感他不会善罢甘休。

我确实有些焦虑了。但我不能遇到一点困难就退缩，这不是我的性格。同时，我有一个基本判断，孙院长怎么说也是有一定社会地位的人，应该不会对我使用暴力。如他用其他手段，我就兵来将挡，水来土掩，看他有几招。

一切均在预料中。半个月后，孙院长说医院要做一个宣传展板，要用我的心理师执业资格证拍个照，然后贴在展板上。

我说:"我来得匆忙,忘记带了。"

孙院长好像敏感地意识到什么,半开玩笑地说:"你是不是无证行医?"

我似笑非笑地说:"宋伟总经理请我来时,看过我的执业资格证。孙院长还记得吗,我来矿区时,可是宋总亲自来接的。在这块地盘上,只要宋总说我是医生,有没有行医资格都不重要,对吧?"

孙院长愣了一下。在矿区,宋伟的一句话就可以让他下岗。他也不知道我和宋伟的关系究竟深到什么程度。为了掩饰尴尬,他嗫嚅着说:"对,对,秦医生的心理咨询技术是一流的,不然宋总也不会大老远地将你请来。"

他不再纠结我是否有执业资格,而且称我为秦医生。我知道,这番心理较量中自己占了上风,焦虑情绪随即下降。

这年头,社会竞争加剧,各方面压力加大,焦虑的人除了我,还有很多人。

别人的焦虑

A女,三十来岁,皮肤白皙,性感、漂亮。

她从十九岁开始就被一个老板包养。后来,老板给她买了套房子,金屋藏娇。这老板是个包工头,大她二十几岁,她看见都恶心。

老板这些年纵情过度损伤了身体,有时做不成那种事。但老板并不放过她,而是变着法子折磨她,有时弄得她很难受。

老板越是不行,越怕她红杏出墙,去找别的男人。为此,经济上限制她,行为上跟踪她,使她很反感。但她离不开这个老板,因为她需要"饭票",而且是高质量的"饭票"。

哪里有压迫,哪里就有反抗,越是把她看得紧,她的逆反心理就越强。

背地里，她跟一个开出租车的帅小伙好上了。

她离不开老板的钱，也离不开出租车司机的体贴，所以只有两头哄瞒，走起了钢丝。但她年龄不小了，也想找个良人，遂对男友坦白了一切。男友很大度，说不在乎她的过去。两人商量着，从老板处多骗一些钱，再远走高飞。

老板是个江湖老油条，满足她的日常开销没问题，但现金套不出来。而男友催得紧，她焦虑得辗转难眠。

我想说，按她这种混法，还有更大的焦虑在后头。但我没说出口。

果不出所料，后来她又找我，原因是出租车司机与人闪婚，她鸡飞蛋打一场空。我怎么为她治疗的，将在第七章详细讲述。

真正焦虑症患者

他叫陶武，上进好青年，来矿区仅一年多就从技术岗被提拔到中层管理岗。但在他事业精进的时候，睡眠质量却变差了。吃安眠药怕上瘾，找中医吃中药，刚开始有效，后来就不行了。于是他找到我，希望从心理层面解决失眠的困扰。

心理医生和患者首先要做的是拉近距离。我用轻柔的声音说："睡不着觉是很难受的。我以前睡眠神经也受过损，那滋味我尝过。"

同病相怜，陶武像遇到了知音，他接过我的话说："晚上睡不着，心里烦躁得要命。白天头晕眼花，身子发软，走路都是虚浮的。"

我请他讲讲具体的睡眠情况。

陶武说："人家睡眠不好，是心里有事睡不着。我不是睡不着，而是早醒，睡一两个小时就醒，醒后又难以入眠。还有，睡眠质量不高，老是做梦，而且梦记得很清楚。"

"你经常梦见什么？是噩梦吗？"心理医生通常对梦都比较感兴趣。

"不是噩梦。大多数时候都是梦见在矿区工作和生活。"

"你在矿区主要从事哪方面工作？"

"我是研发部的，工作要不断创新，脑力消耗很大。最近睡眠不好，工作效率不高，领导交办的事也没完成，我心里烦啊！听说过不了多久要搞全员竞争上岗，不知道这次我还能不能当中层。"他说这些时，担忧、焦虑溢于言表。

我听出了一些名堂。失眠的人以从事脑力劳动居多，再加上陶武上进心过强，一会儿担心工作完成不好，一会儿担心竞争上岗失败，不焦虑才怪。

我接着问："除了睡眠不好，还有其他症状吗？"

导致失眠的原因很多，压力大了、心事重了会失眠，而患抑郁症、焦虑症、精神分裂症也会失眠。如单纯是压力大而失眠，那好办，疏通疏通，调整情绪，必要时再吃点安神药，就OK了。如因抑郁、焦虑、精神分裂等病症引起的失眠，则要难治得多。所以我要把其他症状问清楚，才能作判断。

陶武说："这一年多来，我有些怕这怕那，有时为一件小事担心不已。"

我请他举个例子。

陶武举例："比如小孩上幼儿园，我一会儿担心被车撞，一会儿担心被人贩子拐走。又比如，前几天肋部有些痛，我就担心得了绝症，思考该怎么安排后事。"

我微笑说："你这种担心是多余的。"

陶武说："我知道这种担心是多余的，但就是担心。"

我说："你再好好想想，除了担心与睡眠，与以前相比还有其他症状吗？"

陶武略为思考说:"我不知道算不算症状,最近看见突然的闪光,比如路灯突然亮起,我心里就会颤抖一下。还有突然听见大的声音,比如汽车喇叭长鸣,心里就有些不舒服。还有,近段时间我饭量也小了,估计体重有所下降,口有些发干,晚上易出汗。"

我听到这里,心里有谱了。

关于焦虑症

我们要分清两个概念,一个是焦虑情绪,另一个是焦虑症。

现在竞争如此激烈,诸如孩子高考、提拔升职、父母住院之类的,谁不焦虑?这种有事才焦虑,随着事情的解决而消亡的是我们通常讲的焦虑情绪。

医学上的焦虑症是指负面情绪积累到一定程度,无限扩大后果,无厘头焦虑,担忧未来、扛不住压力、躯体紧张、睡眠质量下降、身体处于亚健康状态,而又无法通过自身调节来改善的一种疾病。

中国传统医学记载:在宋代,有一个人老是担心天上的星星会掉下来砸中自己,弄得神情恍惚,吃了许多药不见好转。有一天,他遇到一个名医。名医对他说,天上的星星掉下来,会发出光亮,你看见再往下掉时,跑开就行了。所以说星星没掉时,你不要提前担心。同时,名医给他开了几服药,吃后这人的神情就正常了。

此人得的病,按现在的说法,就是焦虑症。

上述案例也说明,对焦虑症患者,要采取心理治疗与药物治疗同步进行的方式。

我说:"我们医院的王医生是神经内科的专家,我建议你找她诊断一下,再拿点药。"

我知道他怕吃安眠药，特意告诉他："抗焦虑的药并非是安眠药。安眠药只能治标，不能治本。当你不焦虑了，头脑放松了，自然就睡得好了。至于具体吃什么药，要经过焦虑问卷测试和神经递质检查，再由医生决定。当服药几天后，睡眠有所改善，再来找我心理交流，这样效果最佳。"

陶武听从我的建议，去找了王医生，被确诊为中度焦虑症。

治疗五招

第一招，解疑释惑。

"你担心这担心那，并不是你变得胆小了，而是你患病了。要勇敢地正确地面对自己的病情，要了解焦虑症的一些基本常识。焦虑症大多是小时候受到了某种创伤，在心灵上留下了恐惧的阴影，长大后因为某些事件触动了创伤，所以症状就出来了。"我对陶武说。

"你这样说，我倒想起来了。大概是四岁的时候，我一个人出去玩，被一条大黄狗追咬，我吓得没命地逃，在慌不择路中掉进一个深坑。我顾不上疼痛，抬头一看，大黄狗正在坑边，龇牙咧嘴地看着我。我吓坏了，连哭都不敢了。正在这时，天突然黑了。大黄狗似乎被这个变化所吓，狂叫几声跑开了。坑内伸手不见五指，我仿佛掉进了地狱中，大哭起来。不知哭了多久，天又亮了，我听见父亲在远处叫我的名字。后来才知道，之前突然天黑其实是刚好赶上了日食。"

小时的创伤找到了，但受创伤的人并非都患焦虑症。焦虑症发病的原因很复杂，除创伤外，在其成长过程中，性格、心境、环境等因素，都有可能成为诱因。

"焦虑症的患者，有个共同的特征，那就是头脑紧张。"我说。

"是啊，从一年前开始，我就觉得有个什么无形的东西，把我的头脑箍了起来。"

我顺着他的话说:"是你的神经绷得过紧,导致脑部血流减慢,造成供氧不足,所以就感觉有什么东西箍着你的头脑。"

陶武问:"怎么办?"

第二招,指压放松。

我将陶武带到住院部,叫他躺在病床上。

陶武躺好后,我挪动凳子,坐在他的头上方说:"第一种方法是拍打法,你全身放松,什么都不想。"

我用手指轻轻拍打他的额头,嘴里轻念"放松"。过了一阵,又拍打大脑两侧的太阳穴,在感觉他的血管有些柔和后,顺着往下,拍打两颊。

通常心理诊所会配有一台治疗仪,是利用电磁波穿透,同时用机械轻拍太阳穴。我这里没有治疗仪,也没电磁波,就用手代替了。约一个小时后,陶武呼吸平稳,且比先前缓慢。

"第二种方法叫指压疗法。这疗法通俗一点讲,就是全身按摩,放松肌肉。"我觉得差不多了,就说。

第三招,观念引导。

在按摩的同时,我与陶武闲聊,将话题朝竞争上岗的方向引。

"我现在是技术部副经理。在两个月前,经理不知什么原因辞职了。本来那个位子顺理成章该是我的了。但就在一个月前,宋总引进了一个人才,叫老汤,是东部某国有企业的总工。他如果参加此次竞争上岗,我就悬了。"陶武说。

"这么说来,此次竞争上岗,如果老汤要参加,你就要感叹'既生瑜,何生亮'了。"我半开玩笑地说。

陶武长叹一口气说:"是啊!既生瑜,何生亮!"

我见话题引导到位了,问:"你是否知道周瑜是怎么死的?"

陶武说:"我熟读《三国》,当然知道周瑜是被气死的。"

我进一步补充:"《三国》中的周瑜,非常有才华,命运却很悲惨。他与诸葛亮斗智受挫,身心备受煎熬,内心焦虑不断,最后被活活气死。"

"唉!"陶武叹了口气,"周瑜可惜了。"

我趁热打铁:"如果你是周瑜,会被气死吗?"

这时闭着眼的陶武一下睁开眼,望着我说:"原来,你是借周瑜在说我啊!"

我坚定回答:"对!你和周瑜同属焦虑性人格,特点是紧张、情绪化、患得患失。"

陶武想了一会儿,说:"也许你讲得有道理,我就不学周瑜了,学诸葛亮。"

我说:"学诸葛亮也不行,他心理素质不好。"

陶武用质疑的眼神看着我:"诸葛亮可是智慧的化身,许多人想学还学不来。"

我解释道:"本事和心理是两回事,诸葛亮本事大,但心理承受力不好。你知道他败给谁了吗?他败给司马懿。诸葛亮北伐时,司马懿坚守不出战。诸葛亮见粮草将要耗尽,派人送去女人的衣帽,想激司马懿出战。司马懿看了衣帽后,笑呵呵地想,我就是不出战,看你把我怎么样。诸葛亮心理压力增大,损伤了身体,不久后病死军中。"

陶武感叹:"这么说来,《三国演义》中,司马懿的心理素质是最好的。"

我说:"应该是吧。心理素质好的人,事业上也能取得成功。有人写了一本书叫《司马懿吃三国》挺畅销的。"

我们聊起了历史和文学,陶武把那些不愉快的事暂时丢到一边。我要的就是这个效果。

第四招，室外治疗。

指压疗法结束后，我请陶武第二天一早来找我，接受下一步的治疗。

第二天，天还没大亮，寝室门外响起了敲门声。

"谁呀？"楼虹问。

"我，陶武。"

"陶武是谁？这么早来做什么？"

还没等陶武回答，我对楼虹说："我叫他来的，他是我的病人。我们要在室外治疗。你也起床，陪我去。"

陶武进屋后问道："秦医生，有必要这么早叫我来吗？"

我没正面回答，而是问："昨晚你睡得怎么样？"

"可以！睡得香，刚醒不久。"陶武补充说，"睡的时间虽然不够长，但此时头脑较清醒。"

"那就好。我们先去跑步。"

"跑步？"陶武有些疑惑。但我与楼虹已经开始跑了，他也只得跟着。

一路上，我边跑边告诉他：睡眠是兴奋与抑制的平衡，跑步锻炼是兴奋的一种方式，而睡觉休息就是抑制；该兴奋的时候兴奋了，该抑制时才能抑制；两者转化正常，失眠就好了；有的人失眠后无心工作，一天到晚在床上，失眠反而加重；失眠这问题，七分精神三分病，你别把它当回事反而好得快些。

跑到一个空旷处，我们停了下来。我叫陶武大吼。

陶武问我吼什么？

我说乱吼，想吼什么就吼什么。重要的是，要把自己内心的不满、郁闷、烦恼都吼出来。

"啊——哟——"我带头吼了起来。

陶武和楼虹受我感染,也跟着吼起来。我们三个像疯子一样又吼又跳。反正这是后山,附近没人住。吼完后我们回到矿区,陶武朝医院的方向走去。

"陶武,今天的治疗结束了。"我叫住他说。

"结束了？我今天专门请假来治疗,还没开始怎么就结束了？"

"像你这种失眠症患者没有必要时时谈话,最重要的是放松神经、放宽心胸。今天早上的跑步加吼叫,能使你全天有个好心情。昨晚你也睡好了,今天没必要请假,该上班去上班,该做啥就做啥,最好忘记失眠这件事。"

陶武好像懂了,说了"谢谢"后正要告辞,我又说:"我再教你一招,名称为呼吸法。你跟着我,缓慢呼气、吸气。"

随着我的口令,陶武呼吸逐渐慢了下来。

"自然平稳地呼吸。体会在吸气时,那凉丝丝的感觉;在呼气时,将废气和所以不快全部抛出去的感觉。"

陶武练习了好几遍,然后问:"这有效吗？"

我说:"没事时别胡思乱想,坚持练习一定有效。"

陶武要付咨询费,我说今天免单,算交一个朋友。

第五招,治疗锦囊。

陶武吃了三个月的抗焦虑药,再加上我的心理疏导,症状好得差不多了。焦虑症属于易复发的病,为了根治,我送了三本书给他,《佛陀的一生》《坛经》《金刚经》。

陶武接过书后说:"这些是佛教典籍。"

我说:"看佛教的书,对你有好处。"

接着,我在治疗锦囊上写下了"不执、如莲、当下"六个字,递给陶武。

陶武看了看，问我是什么意思？

"我相信你是一个聪明人，你把这三本书看完了，就会明白就六个字的意思。"见陶武有些疑惑，我进一步解释，"心理医生通常不会直接告诉你结果，而是引导你去寻找结果。"

陶武收起治疗锦囊，道谢后走了。

十多天后，陶武再次来到咨询室。他精神抖擞，往日的疲惫一扫而光。

我笑吟吟地说："看来那三本书你看完了。"

"书看完了。在你的帮助下，我的观念也调整过来了。"

"恭喜！恭喜！"我高兴地说道，"你谈谈，怎么理解治疗锦囊那六个字？让我分享你的体会。"

陶武说："不执，就是不执着。佛教的理论，对什么都不要执着，因为一切皆空。就拿我来说吧，对竞争上岗这件事，不要有太多的关注，顺其自然。当下，也好理解，不要老想着过去或未来的事情，要做好眼前的事。未来是无常的，我们都不知明天要发生什么，所以也没必要过多考虑未来的事。"

我提醒陶武："对不执和当下，你理解到位了，但对如莲，你怎么没说？"

陶武说："对如莲，我不太理解。难道要我像莲花一样出于污泥而不染？你指导一下吧。"

在我看来，如莲是一种智慧的人生观和价值观，是完美主义的警示牌，是超越自我的榜样力量，是万物相生相克、相互依存的规律。我不想解释太复杂，那显得我在故弄玄虚。

于是我说："《佛陀的一生》的封面，是释迦牟尼坐在莲花上，说明莲花与佛教有极深的渊源。莲花是佛教的教花。你的理解没错。但我们要搞清楚，污泥指的是什么？是痛苦、烦恼和丑恶。而莲花这种智慧，就能包容这些污泥。你学习佛教的智慧，就要像莲花一样，在红尘的污泥中不染上焦虑的尘埃。"

"现在你认知到位，症状也基本上消失了，但今后会不会复发，就看你是否将治疗锦囊那六个字贯穿于生活了。"

陶武说了一大堆感谢话，要了我的QQ号便走了。

这时，一个三十左右的男子推门进来。我问他有什么需要帮助，他没有立即回答，脸微红，一副不好意思的样子。直觉告诉我，他的问题与性有关。

MIND
CATCHER

第六章

阴暗性偏好——露阴是不能自控的病

我喜欢心理医生这个职业，因为我每天坐在咨询室，都像在看文学作品，在欣赏不一样的人生故事。

刚进来的男子叫蒋卫星，二十七八的样子，说不上高富帅，但斯斯文文的，算标准的白领男。他不是矿区的，不知从哪里听到这里有心理医生的消息，一个人偷偷地来找我。在我的开导下，他说出了心中的烦恼。

暴露真爽

从读书到工作，蒋卫星都一帆风顺，不久前还升了职。女友温婉漂亮，交往两年，感情不错，快到谈婚论嫁的阶段了。现在的年轻人谈恋爱，婚前守贞的还真不太多。女友忍不住，都主动献上来了，可是蒋卫星不争气，好事没成。女友心想，也许是他工作太累，就让他请假休息几天，此间还嘘寒问暖，做营养餐。在做好精心准备后，两人的亲热还是以失败告终。女友迷惘地含泪走了。

蒋卫星想追上去，拉住女友说自己不是天生的阳痿。他之前交往过三个女友，这方面都没有问题。没想到上了真正的"战场"，却……但过去的性经历，能跟现任的女友讲吗？

三天后，蒋卫星收到女友发来的分手短信。郁闷！当天晚上，他用酒精来麻痹失恋的神经。他喜欢女友，想去挽回，但关键时刻自己又不像男人，该如何去挽回？

酒吧里，蒋卫星将一杯又一杯的红酒送进嘴里，渐渐地，看见服务员的影子有些模糊。他知道，自己有些醉了。他开始幻想，幻想女友……突然，他感到那个地方有些异样，是不是行了？是真行了吗？他使劲儿摇了摇头，使自己清醒一些，然后仔细体会那个关键部位的感觉。他失望了，根本不是什么性勃起，而是喝了太多的红酒，尿胀了。

带着失望，踩着有些轻飘的脚步，蒋卫星向卫生间走去。酒吧厕所小，只有两个蹲位。解完小便后，他埋头看自己的"二弟"，心想，怎么就不争气呢？

"啊！"卫生间门口传来一声尖叫。蒋卫星来不及提上裤子，本能地转身一看，门口站着一个妙龄少女，惊讶得嘴巴大张。

突然，蒋卫星像触了电，电流随着大脑瞬间传到小腹，"二弟"立即勃起，快感异常。这是从未有过的体验。

少女吓得扭头跑了。但蒋卫星身上舒畅的感觉还在，并且向全身扩散，连发丝中都有一种不能用文字表达的快感。

酒也醒得差不多了，蒋卫星一看，原来是自己走错了卫生间。

人，有追求快乐的本能，尽管这种快乐已偏离了正常的轨道，但蒋卫星欲罢不能，此乐不疲。从此，他患上了露阴症。他是白领男，要维护自己的形象，不敢对同事露阴。他生性胆小，怕在露阴时被公安抓住，为了满足自己畸形的性需要，常在晚上去坐乘客较少的公共汽车，物色向其露阴的对象。当看见只有一两个年轻女性在车上时，他就开始准备。公共汽车到站，车门打开，车灯亮起时，蒋卫星会突然露阴。在车上女人的惊讶、愤怒和谩骂中，他迅速跳下车，朝黑暗处跑去。然后找一个没人的地方，开始自慰。

其实，蒋卫星也知道露阴是一种不正常的性行为，也为此烦恼、自责，但他克服不了自己的心瘾。

有一次，蒋卫星在车上露阴，引起了女性的尖叫。恰巧有警察从车外经过，以为他实施了抢劫，追了他两条街。要不是他读书时参加过田径队，练过短跑，早就落下了一个臭流氓的名声。

思前想后，蒋卫星决定找心理医生。

引导

面对一位受过高等教育的白领男，心理医生要做的是帮助他理清思想脉络，而不是代替他思考。

综合起来，我跟他讲了三点。

其一，每个人都有不完美，甚至不正常的地方。

按照现代心理学的观点，人人心中皆有"邪恶"。一点"邪恶"都没有，只有机器人能做到。水至清则无鱼，人至察则无徒。有一些瑕疵才叫真实。我对他说，就算有些变态也不要紧，只要能控制，没必要大惊小怪。

其二，有恶习的人，照样能取得事业成功。

有这样一道测试题。有三个人，大致情况如下：

第一个人，酗酒，烟瘾大，信占卜、巫医等迷信。

第二个人，读大学时就吸食鸦片，常喝得大醉；参加工作后非常懒散，几乎每天要睡到中午才起床，为此被用人单位开除过两次。

第三个人，年轻时参军，参加过战斗，被誉为英雄。他从不抽烟，只喝一点点啤酒，无其他恶习。

测试内容为：根据他们三人的简要情况，推选出一位能造福全人类的人。

最后看答案：第一个人是美国总统罗斯福；第二个人是英国首相丘吉尔；第三个人是德国法西斯的希特勒。

我之所以讲这道测试题，目的是告诉蒋卫星，不要认为自己有露阴癖就茶饭不思，认为人生无望了。

其三，只有认识到位、方法得当，露阴癖是可治的。

我对他说，目前无论是精神病学还是生物医学，都没有一种药物能有效治疗露阴癖。在临床实践中，通常采取心理治疗。

心理治疗主要有两方面。一方面是行为认知疗法，简单一点说就是要查找病因，知道其危害，下决心改正；另一方面是厌恶疗法，方法很多。我给他推荐了几本心理学方面的书，让他自己领悟。

我这样处理是给自己留余地。因为错误的性偏好，往往是孩童时就植下了根源。这种根源如他本人找不到，就该由心理医生来寻找，方法通常是催眠。而我对催眠并不擅长，还不能用于实战。

总的说来，我的引导是成功的。他离开时步履轻松，看样子心理压力减轻不少。

行了

两个月后，蒋卫星打电话过来，说他看了我推荐的书后，摸索了方法，效果不错，现在露阴的冲动基本克服，能管住自己了。我说恭喜！他说还有心理问题需要我的帮助。我叫他明天到矿区来找我。

第二天，还没到上班时间，蒋卫星如约而至。他刚坐下，没怎么寒暄就直奔主题，可见心情急迫。

他说："露阴治好了，但如今还是单身一人。我打听清楚了，我女朋友至今单身，我想把她追回来。"

我鼓励他:"好啊!男孩子大胆一点。再说女朋友还没找对象,也许人家还在等你!"

蒋卫星面露为难说:"秦医生,我害怕和她相处,我那里又不行。"

哦,我差点忘记了,他给我讲过,他与别的女人做那事就行,与快要结婚的女友就不行。这的确是一个心理问题。

有果就有因,心理问题通常在童年找得到影子。我问他小时候的家庭情况和成长经历。

蒋卫星家庭条件优越,父亲在外经商,他跟着母亲长大,以致母子感情特别好。他工作后,每天都要给母亲打个电话。

我若有所思地问他:"你爱你的女朋友吗?"

蒋卫星答:"爱!特别爱!都谈婚论嫁了,怎么不爱呢?她身上有种特别的气质吸引我,使我有非她不娶的感觉。"

我似乎找到答案了:"你面对女朋友时不行,原因可能有两方面。第一是对母亲顺从的混乱反映。你母亲是你最尊敬的人。你爱你的女朋友,在心中就将她提到了与母亲同等的高度,她有你母亲的影子,所以你怕伤害她。也就是说,你混淆了爱情与亲情,这是两种不同的爱。第二是对你女朋友爱的过度表现。你不能触碰你女朋友,是内心深处对她完美地位的呵护,以达到永久的迷恋。这两方面的原因,也许你都有,也许两者你居其一。究竟怎么回事,需要你自己去分析。"

蒋卫星想了一会儿说:"好像懂了,又好像有些迷糊。"

我微笑着说:"没关系,你回去后好好想。想通了,矛盾就摆脱了,问题也就解决了,可以大胆去追回你的女朋友。"

又过了三个月,蒋卫星来到咨询室,还带着一个漂亮女孩。不用问,一定是他女朋友。他这次来不是心理咨询,而是给我送请柬,请我参加他们的婚礼。看他的精神面貌,我就知道,行了!

第六章
阴暗性偏好——露阴是不能自控的病

另一个故事

巧莲有一张瓜子脸，丹凤眼、柳叶眉、嘴唇丰润，虽衣着打扮老土，但在矿区也算得上美人。

巧莲坐定后，楼虹泡了一杯茶就出去了。她知道心理咨询是一对一交流，需要一个安静的环境。

几句客套话说完，巧莲切入主题。近段时间，她老是做一个怪梦。在梦中，她是古代一个大户人家的小姐，常用棍子抽打身边的丫头，直打得丫头皮开肉绽、磕头求饶，她却哈哈大笑。

偶尔做一次这样的梦不能说明什么问题，但长时间做同一个梦则一定是有原因的。因为梦是一种心理现象，是对现实要求和愿望的满足。

我仔细观察巧莲，她周身有一股悲伤，可能她活得并不开心；再看她的手臂，隐约可见泛着青紫的伤痕。当她发现我在看她的手臂时，本能地缩了缩手，抖长了衣袖，将伤痕掩盖起来。

再回到她那个梦。人性，有善良的一面和丑恶的一面。在梦中，巧莲表现出来的是丑恶，因为她在欺负地位卑贱的丫头，并以此为乐。我初步可以推断，梦中那个丫头，就是她自己。再加上她悲伤的表情和手上的伤痕，我猜测，巧莲正在经受着某种虐待。而这种虐待，已经严重影响了她的生活。所以她来找我咨询，以寻求心灵的解脱和外力的帮助。

我询问了她的其他一些情况，比如家里的生活。巧莲欲言又止。我劝她，一定要说出来，说出来了心里才好受。她又悲伤起来，清泪从眼眶溢出，像一串串珍珠。

我用柔和的眼神看着她，期待她讲出心中的秘密。但我失望了，她思想上作了番斗争说："秦医生，我的心里是有说不完的苦。可是今天我得回去了，不然……具体的原因，我下次再来告诉你吧。"

其实我听出来了，她说的苦可能和性生活有关。中国的妇女是羞于谈性的，所以巧莲欲说还休。不过，她说下次告诉我，代表着她对我有了初步信任。今天的心理咨询迈出了成功的第一步。

遇见臭流氓

天刚黑，楼虹怒气冲冲地推门进来，满脸愠色。

我问："怎么了，谁惹你了？"

"真是晦气，遇见臭流氓了！"楼虹余怒未消，"还是个什么经理，这么不要脸，怎么能够在矿区混！我要去告诉宋总，将他开除。"

楼虹继续说："黄昏时分，我走在回家的路上，突然一个男人跳出来挡住去路。也许是怕我认出来，这人眼睛以下围着一块头巾。我吓了一跳，但这人并没攻击我，也没说话。我纳闷，搞不懂他想干什么。突然，他把裤子一解。我顿时又急又气，脸涨得绯红，连声骂臭流氓。那人见我的样子，顿时大笑。我不知哪里来的勇气，顺手抓起一根树枝向他打去。那人边提裤子边跑，我在后面追赶。'啪'的一声，他被一根枯枝绊倒，还没完全爬起来，我就追到了他后面，树枝打在他的身上，头巾被打脱了。我看见了他的半张脸。这人我认识，他叫郝宗旺。"

我问楼虹："你没看错吧？"

"错不了。半个月前，他手下一个员工受了伤，急匆匆抬到医院治疗，是我接待的。这人看起来老实巴交的，没想到这么坏。"

我若有所思："他不叫坏，准确地说，他叫有病。他患有名为'露阴癖'的心理疾病。有这样怪癖的人控制不了自己。下次见到他，就叫他来找我，我给他治疗。"

楼虹问:"那我还要不要去找宋总,告他的状呢?"

我答:"算了吧。既然他是病人,就不要跟他一般见识。"

楼虹说听我的。

调戏弟媳

矿区中层干部即将竞争上岗,有资格报名的人都摩拳擦掌,做着各方面的准备。

郝宗旺是一名副经理,人比较老实,宋伟和其他几个领导对他印象不错,在竞争上岗中,留任应无问题。他的弟弟叫郝宗寿,是普通员工,刚好有报名资格。但他这个弟弟上进心不够强,平时较懒散,郝宗旺想去劝劝,让他也报个名。

"宗寿,宗寿。"郝宗旺边叫边拍门。门没开,但他感觉到里面有动静,应该有人。"巧莲,巧莲,宗寿在家吗?"巧莲是郝宗寿的妻子。

过了一会儿,门开了。巧莲站在门内,没有穿外套,眼神有些怪异。还没等郝宗旺开口说话,巧莲就一把抱住他的腰,将头靠在他的身上。

巧莲这个举动让郝宗旺不知所措。

巧莲一边抱住郝宗旺,一边将他往外推,而且边推边喊:"你这个挨千刀的,自己没本事娶老婆,就来调戏兄弟媳妇。"

他们住的是简易平房,院子里邻居较多。巧莲高声喊叫引来了众多邻居观看。郝宗旺心里一急,想推开巧莲的手,但巧莲抱得紧,推不开。在别人看来,两人抱成一团。看见指指点点的邻居,郝宗旺想解释,但又不知该从何说起。

邻居中,一个叫方敬的工长看不过去了,骂了起来:"郝宗旺,你这个狗杂种,真不是人,矿区怎么出你这种败类?"

几个员工家属也开始帮腔，一起骂郝宗旺。

这时，郝宗旺已被巧莲推到路口。他见自己引起众怒，如还不走说不定要被群殴，只得转身跑了。他跑的同时，仍然听得见巧莲的骂声。

赶走郝宗旺后，巧莲大哭起来，请众邻居做主。

方敬问："郝宗寿呢？不见他人影。"

巧莲答："一周前，宗寿说要参加竞争上岗，到城里请人写演讲稿，至今未回。我打他的手机，老是不在服务区，真不知他跑到哪儿去了。"

"既然宗寿不在，我们就帮你出这个头。我写个情况说明，众邻居签字，然后我去找宋总。"方敬这人最喜欢打抱不平。

"这郝宗旺，本来就不是什么好东西。以前有人说他见到大姑娘、小媳妇就喜欢脱裤子，当时我还半信半疑。今天看来，他就是一个臭流氓！"一个家属说。

"对！对这种品德败坏的人渣，不把他赶出矿区，我们怎么活？"另一个家属接过话。

见众邻居都说要把郝宗旺赶出矿区，方敬表示一定将众人的意见转达给宋总。

在矿区，已有多名女性单独外出时遇到过露阴狂。只是大多时候此人蒙着面，大家不知道是谁。现在舆论一边倒，说露阴狂就是郝宗旺。

好事不出门，坏事传千里。郝宗旺调戏兄弟媳妇以及露阴的事像长了脚，在矿区疯传。我听说后，想起自己刚来梁山时见过的露阴癖患者。

上班的时候，我把几件事连起来一想，巧莲的梦，她身上的伤，郝宗寿到城里未归，郝宗旺露阴及调戏弟媳。第六感觉告诉我，这些事情不是孤立的，一定有根线可以把这些事串起来。

我正在猜想之际，孙院长来说，宋伟打来电话，叫我到他办公室去一趟。我朝他一笑，做出挺高兴的样子，向楼上走去。我就是要孙院长搞不懂我与宋伟的关系。其实我只是一个打工的，与宋伟没关系。只是在这里好几个月了，觉得宋伟这人还不错，不像那个想吃窝边草的孙老大。

接受任务

宋伟坐在老板椅上，手里拿着方敬的情况报告，正在沉思。他见我进来，立即招呼我坐下，然后将报告递给我。

我迅速看了一遍。

宋伟见我看完说："郝宗旺的事情我早就听人反映过。但我们矿区鱼龙混杂，有些人以前偷鸡摸狗、作风不端，如果犯一点小事就要赶下山，那好多人都得离开。我们这里条件不是很好，有些人不愿意来，人力资源缺乏。所以我以前也听说郝宗旺露阴的事，就睁只眼闭只眼。可是现在他去调戏弟媳，把事情闹大了，我再不管恐怕难以服众。秦医生，我想郝宗旺的心理可能有点问题，所以在决策之前，想听听你的意见。"

"我觉得此事有些蹊跷，郝宗旺表现出的行为是矛盾的。"我沉吟片刻说道。

"矛盾的？何以见得？"宋伟问道。

"喜欢在女人面前裸露，心理学上称为露阴癖，患有此病的人通常没有攻击性。也就是说，他们通过露阴取得性兴奋，不会与女人的身体接触。而郝宗旺既有露阴癖，又有调戏弟媳妇的冲动，所以说是矛盾的。"

"我相信你的专业知识，但其他人会信吗？在其他人看来，露阴和调戏都是耍流氓的举动。"

接着，我把巧莲找我咨询梦境，她身上的伤，以及郝宗寿出走未归的事讲给宋伟听。

宋伟智商高，他也感到这中间有什么隐情。

"匆匆把郝宗旺赶走，虽然能平息民愤，但搞不清楚事情的真相。"我说。

"那这样办，我把方敬反映的情况先压一压，我们暗地里调查。"宋伟看了我一眼说，"调查的事情，就交给你去办。"

"我去调查？我只是心理医生，可不是侦探。"我有些吃惊。上次参与调查精神分裂症的事，弄得经济受损，这次我可不想去了。

"如果我派几个大男人去，巧莲一定会紧张，就打草惊蛇了。秦医生，你就别推了，先去摸摸情况再说。"宋伟见我有顾虑，进一步解释，"我不是叫你去破案，而是去看看有没有报案的必要。我只给了你一份工资，不会叫你当警察。"

我不好再推辞，只得答应下来。

蛛丝马迹

我想了两天，决定到巧莲家看看是否能发现蛛丝马迹。如一切正常，便给宋伟回个话，权当交差。

第二天上午，溯风吹袭，雪花飞舞，矿区海拔较高，冬天更是阴冷。我穿着厚重的外套，向巧莲家走去。到了她家，门是锁着的。这么冷的天，她到哪儿去了？我在门口等她，时不时地搓手、哈气、跺脚，实在太冷了。

等了近一小时后，巧莲回来了，头上裹着围巾，手里提着一个篮子。她见了我有些吃惊。

"巧莲，上次咨询后就没见你来，也不知你怎么样了，今天我是来回访的。"我主动打招呼，说明来意。

"哎呀！秦医生，你真是好心人，这么冷的天，你还想得起我。"巧莲的脸上挤出一点笑容。

"你赶快开门呀,让我进去暖和一下,我冻惨了!"

"哦,好!"巧莲把门打开,迎我进去。

我进去后,四处瞧看。巧莲跟在我身后,感觉她在用警惕的眼光看着我。不知道是她心里有鬼,还是我心里有鬼。

"巧莲,你去烧点炭火,我们取取暖。"

"好,我就去。"

家里没炭,巧莲只好到邻居家去借。我趁这个机会,仔细观察她家。很快,我有了发现。她家的床是木制的简易床,没有刷漆。仔细看床边,有一块颜色稍有不同,隐隐约约中,还有被什么东西用力擦拭过的痕迹。再看墙壁,有一块手掌大的地方,也被用力擦拭过。再仔细一看,这被擦拭过的地方,像一个模糊的手掌印。

我觉得有些蹊跷,本想仔细查看一番,但听到巧莲回来的脚步声,赶紧装作若无其事的样子坐回凳子上。

巧莲生好了火,我们聊了起来。她没有提上次说的那个梦,我也假装没这回事。聊了些女人的话题就离开了。

苦命的巧莲

宋伟听了我的汇报,考虑了一会儿,拨通了刑警队赵队长的手机。

赵队长问:"巧莲家的墙壁是不是抹的石灰?"

宋伟说:"是。"

赵队长说:"这好办,你别惊动她,我下午就来。"

下午,赵队长带了几名刑警来到矿区,与宋伟简单交谈后直奔巧莲家。

赵队长喝了一口白醋,朝墙壁印痕处一喷。过了一会儿,隐隐约约的印痕就变成了暗红。赵队长说:"果然是血迹!"大家一看,血迹的形状是一个模糊的手掌印。

巧莲顿时瘫软在地。在审讯室，她全招了。

巧莲是一个苦命的女人，从小死了母亲，十九岁那年，她父亲病死，无钱下葬。这时，邻村的郝宗寿不知从哪里听到消息，一哄二骗，出口棺材钱就娶了一个老婆。这郝宗寿看起来老实，实则心理变态，认为买回来的妻子、捡回来的马，想打就打，一不高兴就拿巧莲出气。更可恨的是，他患有虐待症。每天晚上，都在巧莲身上反复、故意地施加痛苦和羞辱，以达到性唤醒和性高潮的目的。

巧莲受不了，却没法反抗。在矿区，她没有一个亲人，痛苦时就想找我这个心理医生倾诉。当找到我时，因观念所致又有一些话说不出口。

就在找我心理咨询的当天，她回去迟了，郝宗寿把她拉过来就打，一脚把她踢到床边。她感到痛，爬到床上想休息。郝宗寿不依不饶地追过来，在床上继续殴打和侮辱。巧莲想跑，但哪儿跑得了。在桌子边，她又被郝宗寿抓住。桌上放有一把水果刀，巧莲顺手抓起，想都没想就朝郝宗寿戳去。没想到这一戳，竟然戳到了胸腔的重要部位。郝宗寿捂着胸口摇摇晃晃地站起来，血从指间涌出。他恶狠狠地看着巧莲。巧莲吓得浑身颤抖，后退了几步。郝宗寿艰难地挪动着，用带血的手在墙壁上抓了一下，继而又在床边抓了一下，接着倒在床边挣扎了几下，死了。

很久之后，巧莲从惊恐中冷静下来。郝宗寿是自己杀的，杀人就得偿命，但她还年轻，她不想死啊！想来想去，她把郝宗寿拖进厨房，一块一块地分尸，将血冲干净后，放进厨房的柜子里。好在是冬天，尸体不会臭。那墙壁和床边的血迹，她用布反复抹洗，觉得差不多了。但她没想到，血分子是用布抹不掉的，自然风干后多少有点印子。恰巧，这印子又被我看见了。

尸体放在家里总不是办法，她从第二天开始，假装上山去捡松果，一次一次地将尸骨和带血的衣物分批拿出，到山上掩埋。

那天，她正在装尸骨，没想到郝宗旺突然来敲门。她想到如果放郝宗旺进来，很可能看出问题。于是她急中生智，脱了外衣，开门后一把抱住郝宗旺，高喊非礼。

看着巧莲被带上警车，我心里有种说不出的滋味。我同情她的身世。如果我不去侦察，或者看到的情况不跟宋伟讲，也许巧莲会有不同的结局。哎，事已至此。

送走赵队长，宋伟对我说："郝宗旺的露阴癖，你帮他治疗。他再这样下去，影响很不好。"

我回过神说："患有露阴癖的人，通常不好意思自己来就医。"

宋伟说："这个你不用担心，我去找他谈。他会主动来找你。"

分析

郝宗旺来了。他见到我，还没说话脸就红了。

我莞尔一笑："没什么的，别不好意思，你把我看成一个医生，有什么问题大胆讲出来，我会帮助你。"

我给他上了茶，舒缓他的紧张情绪。

其实，许多露阴癖患者性格上存在某种缺陷，比如拘谨、孤僻、自卑、少言寡语等。通常这些人性知识贫乏，用儿童式的露阴来解决性问题。

要对郝宗旺进行治疗，就要了解他发病的原因。通过交谈，他存在两方面的病因。

主要原因是幼年的经历。

郝宗旺是一个苦命的孩子，父母没文化，家庭相对贫困。在八岁的时候，娘就去世了。由于生活压力大，他爹的心情也不好，时常打骂孩子。

这还算不上什么。因家贫，他爹不能再娶妻，为解决性需要，就将流窜卖淫的女人带回家。两兄弟听到动静悄悄爬起来偷看，只见爹在女人面前露阴，还对女人使劲搓、揉、打。他们长大后，郝宗旺成了露阴癖，郝宗寿成了性虐狂，其根源就在这里。

次要原因是郝宗旺性生活压抑。

到矿区之前，郝宗旺是老实巴交的农民，娶不到老婆。郝宗寿狡猾些，哄哄骗骗，多少花点钱娶回了巧莲。而郝宗旺始终是光棍一个。

有一次进城，郝宗旺带回一本色情书籍。他对书上不堪入目的图片着迷，在灯下反复看。有时，他看看黄色图片，又看看自己冲动的生殖器，以此达到性兴奋。久而久之，他就将此行为带到现实中，喜欢在女人面前露阴，以寻求快感。行为一旦成为习惯，就很难自控了。

我告诉郝宗旺，露阴癖是一种精神上的疾病，并不是刻意耍流氓，不要为自己的行为太自责。因为他除了这方面的缺陷外，工作、待人、接物都与常人无异。

我说这些，是为了消除他的紧张感，树立战胜疾病的信心。

治疗

对于治疗，我确定了三种方法。

其一是冥想法。

我告诉郝宗旺，作为一个成年人，渴望与异性产生性关系，并不是什么丢人的事情。你可以先去冥想，在女人面前露阴时的快感；然后再去冥想，与你喜欢的女人缠绵时的快感，如忍不住了，该自慰就自慰。通过自慰，体会到了快感，释放了压力，现实生活中的露阴冲动就降低了。

其二是厌恶法。

我叫他去买一大块猪肉，挂在自家屋内，然后对着猪露阴，如此练习。露了几次后，他没兴趣了，不想再练。我说不行，必须反复露，露到想呕吐为止。如此练习了三天。

第四天开始，我给了他一张美女海报，叫他贴在墙上，并对着画露阴。此外，在他生殖器上套一根橡皮筋，露阴时就弹一下，痛得他直叫。

每个人都天生有逃避痛苦的本能，用了这两种厌恶疗法，他露阴的冲动应当有所收敛。

其三是领悟法。

我深入浅出地分析了露阴行为的社会危害性，如会使他在矿区无立足之地。我告诉他，成熟的性行为是以两性生殖器来满足性心理，露阴行为是变态的，也是不符合社会道德的。如不彻底治疗，即使今后结了婚，也不能过正常的性生活，人生也不会幸福。

我对郝宗旺说，露阴行为既不利己也不利人，必须断心瘾，必须有强大的意志力来克服非正常的性冲动。

数月后，经过三种疗法的综合治疗，郝宗旺的病情好多了，再没闹出什么丑闻。

为别人解除痛苦是心理医生的职责。接下来，我即将要为上一章讲到的A女士解除痛苦。

MIND

CATCHER

第七章

真假抑郁症——乱贴标签不可取

男友的电话打不通，再拨，还是不通。这种情况很少出现，到底是怎么回事？上班后，我拨打男友心理诊所的座机号码。这次通了。没等那边开口，我就噼里啪啦地说："我站在楼顶了，你再不接电话，我就跳下去。"

"您别急！您打电话来，一定是找江医生吧！他在这里，我马上去叫，您千万别做傻事。"一个七分温婉，三分急促的声音传过来。

本想在男友面前撒撒娇，没想到接电话的是个女生。我懵了！

"喂，心理诊所，请问您是？"电话里传来男友的声音。

"我问你，怎么是个女孩接的电话？还有，我打你手机几次都不通，你在做什么？"我厉声说。

"我请了个心理系本科毕业的助理，为我打理一些杂事。"男友听出了我的声音，解释道。

"你没与我商量就请了女助理？"我一副不依不饶的样子。

"秦海心，我们已经分手了，不说我请一个助理，就算我请十个八个，与你也没关系。"

我被噎在那里。是啊，当初提出分手的是我，负气出走的也是我。我不知该如何回答，索性就把电话挂了。想到他与一个年轻漂亮的女助理在办公室日日相对，我心里不是个滋味。

楼虹进来，见我脸色不好看，问我怎么了？

我随口回答，抑郁。

楼虹笑了说："我不信，心理医生也会抑郁？"

我见楼虹手里拿着病历，想起今天有预约，可能病人来了吧，我得调整状态。我强挤笑容："准确地说，我不是抑郁，而是郁闷。这是一种不良情绪，而不是病。"

真抑郁

她长发披肩，五官秀丽，是一个"甜"味十足的女孩。

五年前读大学时，经人介绍认识了男友。两个月后，她觉得男友整体不错，是个好人，但她没有恋爱的感觉便提出分手。男友爱她，使出各种办法哄她开心，并哀求给彼此一个机会，她心一软，同意继续交往。又过了两个月后，她再次提出分手，原因一样，还是没有恋爱的感觉。男友不愿意分手，哀求她再给一次机会。她又一次"心太软"，恋爱继续。过了半年，她第三次提出分手，又第三次"心太软"。循环多次后，他们结婚了。

婚后，她觉得丈夫既有事业心又顾家，是个标准的好男人，但对他就是没有男女之间爱的感觉。她两次提出离婚，均因丈夫哄劝而作罢。

在婚后第三年，两人发生口角，丈夫赌气地说："离就离，离开了谁又不是活不下去。"她抓住这句话，离婚了。

离婚后，她想起前夫对自己的爱，对自己的好。现在分开了，自己痛苦，可能对方更加痛苦。讲到这里，她神情落寞。

她的主要症状：

言语比以前少了，几乎断绝了交际应酬。饭量减少，吃什么都没胃口。原来喜欢看韩剧，现在觉得没什么意思。想起与前夫的过往会默默流泪，自杀的念头都有了。

我的分析：

其一，她是一个追求完美的人，在没感觉时，认为"心太软"是一种美德，并愿为这种所谓的美德付出代价，那就是和不爱的人绑在一起。

其二，她性格拖泥带水，缺乏果断，不知快刀斩乱麻，最终害人害己。

我的引导：

我告诉她，人不仅要为他人负责，更要为自己负责。恋爱中对自己负责，就是要尊重自己的感觉。没感觉时，分手要果断。

世间没有十全十美的情感，也没有完美无缺的婚姻。如已结婚了，就要尝试着去爱自己的丈夫。不然，强迫在一起生活，反感与敌意越来越强，生活就会痛苦。如经过努力，仍建立不起对丈夫的爱，就要果断离婚，以减少对自己的折磨。

你该想一下，离婚后是因何痛苦？如果你很讨厌前夫，离婚后从围墙里出来，应该高兴才对。你现在如此痛苦，是否说明还是爱着你前夫的？你是否该面对现实，大胆认错，去追回失去的东西？

自己的命运自己把握，心理医生只会帮助你理清思想脉络，不会告诉你具体该怎么做。而走出抑郁，也只能靠你自己。

我建议她理清头绪，用意志抵抗抑郁，如实在不行再吃点抗抑郁的药。

她仅仅来了这一次。我不知道自己的引导是否起了作用，只能祝愿她战胜自我，战胜抑郁，活出生命的精彩。

A女故事续

焦虑与抑郁是一对"好朋友"，常常相伴而行。A女再次找到我，说自己抑郁了，时不时想哭。至于原因，用她自己的话说是红颜薄命。

前面讲到，她的小鲜肉男友也就是开出租车的帅司机，见她弄不来老板的钱就与另一个女人闪婚了。她气，她哭，她骂！但她只能背地里发泄一下情绪，在老板面前还得笑脸依旧。这样的日子，不好受吧！

性格决定命运，把幸福拴在男人身上，用身体来博取明天，当然不靠谱。但医者仁心，我还是得正面劝导一番。

A女的故事还没结束。包养她的老板破产了，在没有通知她的情况下跑路了。她顿时失去了生活来源。没过多久，法院来查封住房。原来老板阴险又小气，当年说给她买房子，实际上交给她的是一个假房产证。这套房子一直在老板名下，而且抵押给了银行。

面对一连串打击，A女的思维脱离了现实。她觉得自己到了一个无人的旷野，没有生机，没有出路，天空灰暗，连太阳星辰都没有。

迫于生计，A女经人介绍嫁给了矿区保卫部的王飞。王飞以前是混社会的，曾因打架斗殴、流氓滋事"二进宫"。他与宋伟有一面之缘，从牢里出来后，来矿区求宋伟收留，并表示要洗心革面、重新做人。宋伟见他有一身蛮力，就人尽其才，安排他在保卫部工作。

也许是年龄大了成熟了，也许是经过了牢里教育，也许是娶了A女，总之王飞到矿区后，特别是结婚后老实了，违法的事一概不做，还经常助人为乐。夸张一点说，他成了矿区的活雷锋。

A女的心情却没随着结婚而好转，反而抑郁加重。她常常紧绷着脸，时而对窗流泪，时而对镜发呆；饭量也小了，每顿只是象征性地吃几口。

王飞看在眼里，急在心头。A女虽然不是纯情少女，但模样尚佳，以自己"二进宫"的条件能娶到这样的美貌老婆，已心满意足。他拿出耐心好言抚慰，还时常装猴扮狗，哄A女开心，但A女就是不笑。

王飞实在没招了，最终带着A女来到我的咨询室。

一进门，A女就半躺在椅子上。她身体虚弱，面无血色，全身无力，像一团随时都会被吹走的棉花。

王飞送她到医院来，是因为A女昨天服了大量安眠药，还把家中能找到的一大堆药品都统统吞了下去。幸好王飞及时发现，送到医院洗胃，才保住一条命。洗胃一结束，在王医生的建议下，直接送到我这里进行心理干预。

女人多爱哭，A女也不例外。她蜷缩在沙发上哭了起来。我拉着她的手，让她哭，消极情绪需要用哭这种方式来释放。

她哭完后，我试着对她进行催眠。对于催眠疗法，我研究了很久，在请教了几位资深心理医生后，一步一步地实施，A女进入了催眠状态。我问她看到了什么？她说旷野出现了一群狼，前后左右都是狼，无路可逃，只有等待这些狼扑上来，咬死自己。

毫无疑问，她的抑郁程度已经很重了，需要住院治疗。王飞办好入院手续，再三拜托我一定要将A女治好。看得出，他对A女还是有真感情的。我对王飞印象不错，有一次医院来了药品是他帮楼虹搬上来的。我答应王飞会尽全力。

对于症状较轻且意志较强的抑郁症患者，心理治疗就可以了。但A女是重度抑郁，前期以药物治疗为主。药物能产生安慰剂作用，稳定患者情绪，能使患者有较正常的睡眠和饮食。

十天后，A女的精神面貌好了许多。这时心理治疗必须跟上，因为单纯的药物治疗治标不治本，一旦停止服药，症状就会反复，而心理治疗则是断根的。

我对A女的心理治疗，归纳起来有四招。

第一招，引导思维重组。

思维重组，是指引导患者面对现实，改变过去的行为及思维方式。

我对A女说，人生出现挫折时要怀有一颗感恩的心。

A女很不理解地问:"我都这样子了,你叫我感恩什么?难道要叫我去感恩命运吗?"

我坚定地说:"对!感恩命运。感恩命运让你活着,感恩命运让你成长,感恩命运给了你一个新的开始。一位作家曾经说过,'如果你不富有,就庆幸还拥有健康;如果你连健康都没有了,就庆幸自己还活着。'"

看着A女似懂非懂的眼神,我继续说:"如果我们的思维停留在过去,或者停留在埋怨和不切实际的幻想中,那么消极念头就会一个接一个地出现,你便会淹没在抑郁的海洋中。"

我举例子说了许多话,其目的是引导她的正面思维,让她看到事物光明的一面。

第二招,重新角色定位。

当一个人的生活发生了改变,社会角色也会随之改变,比如就业、参军、提职、退休等。在这些变化中,如适应能力不强,就会产生抑郁。君不见有些领导,在职位上风风火火、外向张扬,一旦退下来,接受不了门前冷落鞍马稀的现状,沉闷起来,做什么都觉得没劲。

在较短的时间内,A女的生活发生了翻天覆地的变化,自己厌恶的老板和自己喜欢的出租车司机均骗了她,为解决吃饭问题,又匆匆与王飞结婚。她所面临的问题有两个:一是人际角色困扰,即从内心里不适应王飞妻子的角色;二是人际关系缺乏,内心有些自卑,一时融不进矿区这个群体,没有朋友。

我告诉A女,顺应天时是人生的一种智慧。老板与出租车司机均属于过去,没必要再想他们。王飞这人也许还有一些不足之处,但他一心想把你治好,我是看在眼里的,这说明他对你是有感情的。你与王飞,均有不光彩的过去,但命运让你们结合在一起,你们就应当彼此适应,承担起丈夫或妻子的角色。

此外，我鼓励她病好后在矿区找一份工作，结交一些谈得来的朋友。唯有适应当下环境，才有社会归宿感，心灵才不会寂寞，情感才不会封闭。

第三招，积极开展行动。

治疗一段时间后，A女精神有些好转，我叫楼虹扶着她到医院外散步，看春蚕吐丝，观嫩叶发芽，让她感受到希望和生命的力量。

抑郁症患者切忌过于懒散，只有行动起来，一天到晚有事做，让每一个当下活得充实，才能将消极的思想赶出大脑。

我为A女制订了行动计划。什么时候起床，什么时候晨练，什么时候听音乐，都安排得有条不紊。

楼虹喜欢十字绣。晚上，我让楼虹把A女接到宿舍来，让她带着A女做刺绣。我有时也搭上几句话，绣上几针。

晨练时，我们三个人约在一起打羽毛球，其乐融融。

渐渐地，A女的笑容多了，也开始思考未来，打听工作的机会。

第四招，寻求家庭支持。

A女与我熟悉了，话题也多了。有一天，她支支吾吾地说，王飞到了晚上就有点那个。我见她两腮绯红，一副不好意思的样子，鼓励她大胆讲出来。A女说，在过夫妻生活时，王飞像一头野兽。

抑郁症属于心理疾病，如婚姻美满、家庭幸福，就能为患者创造良好的环境。我决定找王飞谈一下。

王飞来了，见A女精神气色好了许多，喜悦之情露于脸上，对我更是毕恭毕敬。

我问王飞："在夫妻生活中，你是想一个人快乐，还是想两个人一起快乐？"

王飞答："当然是想两个人一起快乐。"

我说："男人是用本能在爱，女人是用情绪、情感在爱。在性爱中，你应当抚慰她的情绪，照顾她的情感，注重她的感觉，使夫妻生活成为感情的催化剂，而不是绊脚石。"

我还讲了一些夫妻日常生活的相处之道，王飞直点头。

经过六个月的住院治疗，A女完全康复。我当着他们夫妻的面，交代必要事项，重点讲怎么预防抑郁症的复发，最后祝愿他们身体安好、夫妻和睦。

又是假抑郁

他戴着一副金边眼镜，穿着素色衬衣，看上去斯斯文文，一副高知的样子。

"我患抑郁症了！"这是他对我说的第一句话。

经验告诉我，他的病情并不严重，因为患抑郁症的人，通常不会主动找心理医生。就算患者主动来找，要么是一句话不说，要么是见到医生就哭。而像他这样迫不及待地说自己患病了，说明他与人交流的愿望强烈，这不是抑郁症的特征。

我问他有什么症状？

他说心情压抑，怎么都开心不起来。我想，他这个年龄的人，苦恼大多与恋爱有关。果不其然，他讲起了自己的恋爱故事。

他来自矿区附近的农村，家庭条件极差。凭借自己的努力，他考上了北京一所重点高校。在校园里，他结识了一个美丽、优秀的北京女孩。他们一见钟情。

起初,面对家境优越的北京女孩,他有些自卑不安,交往比较被动。在北京女孩的鼓励和感染下,他自信心增强,开始主动追求幸福,两人的关系更加亲密。大三那年,他俩跨过了男女之间那道红线。

他们的恋爱顺风顺水,临近毕业,北京女孩提出让他留在北京,工作由她家负责安排。面对多少贫家子弟梦寐以求的好事,他拒绝了。拒绝的原因是害怕,害怕如此优秀的女友以后会抛弃他。

女友气急了,说他不够勇敢,不是一个男人。

这句话刺伤了他的自尊心。他咆哮着说了自己童年的不幸与哀愁,少年的辛劳与痛苦……

女友打断了他的话说:"正因为这样,我想帮你,我想帮你呀!"

看似平常的话语犹如一枚钢针刺进他的心,他怒吼道:"我说过要你帮吗?没有你帮我会死吗?!"

女友泣不成声地说:"难道我想帮助我爱的人错了吗?我是爱你的呀!"

他控制不住情绪,大声吼道:"爱什么爱,胡扯而已!"

女友止住哭泣,拉着他的胳膊说:"你给我一句实话,你爱不爱我?"

沉默后,他冰冷地回答:"我不爱你。"然后,转身离去。留给北京女孩的,是一个看不懂的背影。

听他讲述完毕,我问他:"你摸着你的内心说,你爱那个北京女孩吗?"

"爱,非常爱!"他回答坚定。

我基本懂了,他不属于抑郁症,但他心理确有问题。我将话题引到了他的幼年和童年。

他的父亲是一个酒鬼,常打他妈。他妈受不了了一个人离家出走,再也没回来。在他眼中,他被母亲抛弃了。父亲继续酗酒,一不高兴就打他,他很没有安全感。

我想到一个心理学名词,"恐惧被遗弃症"。他爱着北京女孩,但又无厘头地拒绝了她。因为他内心恐惧，恐惧有一天被别人抛弃。

我开始为他理清思想脉络，归纳起来有三点。

其一，人不能选择家庭，也不能选择父母，对父母不能抱怨，要感恩，感恩他们把你带到这个世界，感恩他们给了你一个聪明的头脑。

其二，你没有抑郁症，别给自己乱贴标签。你感到抑郁，那是失恋的痛苦。而失恋的原因，是幼年的心理阴影所致。请记住，那不是你的错。

其三，北京女孩很优秀，你们也相互爱着对方，你不能失去她。去找她吧，说出原因，积极认错，主动接受她的帮助。

我知道，他的家庭条件和成长经历决定了他的自尊心和自卑感都较强，要让他主动打破僵局，还有些难度。我决心好人做到底，要了北京女孩的QQ号，然后对他说："我会给北京女孩写封信，把今天的咨询情况讲一下，你大胆去找她，不会让你尴尬的。"

他千谢万谢，才离开咨询室。

抑郁症的话题就说到这里，下一章口味依然重，将讲述两个恋物癖的故事。

MIND

CATCHER

第八章

两个恋物癖——对女人衣物兴趣异常

又下雨了，我走进心理咨询室，抖落身上的雨滴。下雨天来咨询的人少，我落得轻闲，好看书。我从提包里将《坛经》拿出来，放在桌子上。

第一个患者

书刚翻开，一个衣着整洁的小伙子推门进来。哦，客户上门了，我赶紧把书放下，做了个请坐的手势。

小伙子坐下后，僵硬地对我笑了笑，没说话。

"最近有什么烦恼，需要和我分享？"我微笑着说。

"是这样的……"小伙子欲言又止，有些不好意思。

"你走进这间咨询室，就是想解决心理问题。你暴露得越多，治疗就越有针对性，你的成长就越快。"我知道他有难言之隐，于是说道。

随后，我又对他讲，心理医生有职业道德，决不兜售你的隐私，对你的姓名、职业等情况也会严格保密。

小伙子先说了几句工作中的烦恼，然后才切入正题。他在县城工作，听说矿区来了个心理医生，今天特地来找我。他有一个很特殊的爱好，就是喜欢买胸罩。到商店去买，怕被熟人发现，他就采取网购的方法，一次买二三十个。到了晚上，他把房门关上，一个人对着镜子戴胸罩、换胸罩，寻找快感。他也知道这个习惯不正常，想戒掉，但越想拒绝，依赖性就越强。现在，他不论多忙都要挤出时间来玩弄胸罩。

我问："你有女朋友吗？"

他说："我喜欢一个女孩，鼓起勇气去表白了，但对方不同意。"

我问："后来呢？"

他说："我经常去找她，每天都给她发短信，现在看来她的态度有点松动了。她陪我吃了一次饭，但没有建立恋爱关系。"

"你这个特殊爱好，家里的父母知道吗？"我换了个话题。

"知道啊！为此还闹了不少矛盾，父母要我全扔了，我舍不得。我怕他们偷偷给我扔了，还专门买了一把锁。"

"那你今天来找我的目的是什么？"

"我找心理医生，当然是为了解决问题。"

"那好！"我给他提了三点建议：一是自己知道这个爱好不好，就要把真实的感受写下来，要写清自己的纠结、矛盾和尴尬的心理。下次来的时候，将写的感受交给我看。二是培养其他兴趣爱好，转移注意力。对于胸罩，自己要有意识地控制，不能无限制买下去。三是自己试着扔掉胸罩，有计划地扔，比如一个星期扔一个，看是否能做到？

如果症状较轻，患者意志力较强，工作做到这一步便能解决问题。但对一些症状较重的患者，自己不能克服心瘾，就要采取一些针对性措施，比较常用的是恶性刺激疗法。

什么是恶性刺激疗法？我们还是看第二个患者的故事吧。顺便说一下，第一个患者来了一次，就没有再来，也许他的问题解决了。

女工内衣被偷

负责女工宿舍管理的服务中心副经理孙燕祥找到宋伟说:"宋总,这事向您汇报好几次了,您到底管不管?再这样下去,我们女工索性全体辞职,让矿区彻底变成和尚庙。"

孙燕祥为人泼辣,在矿区是出了名的,宋伟早就习惯了。他笑呵呵地说:"哎呀!什么事呀?每天都有好多人来找我,有些小事记不清了。"

"小事?"孙燕祥提高嗓音,"我们女工宿舍,内衣被偷几次了。昨天晚上又被偷了。这事在宋总眼中是小事,但在我们女工这里就成了大事。由于矿区有变态狂,女工们晚上都不敢外出了。"

"哦!我记起来了,你是和我讲过,我也派人查过。但这小偷身手不错,徒手能攀上三米高的院墙。由于女工宿舍只丢了内衣,没丢其他东西,此事就淡下来了。"宋伟突然想起什么似的说,"你说被偷好几次了,有什么规律吗?"

"昨晚是七月十五,上次是六月十七,再上次是五月十四,四月份好像没丢东西,三月份大概也是十几号。"孙燕祥想了想说。

"你先回去吧,我把这事放在心上,一定将这个变态揪出来。"宋伟若有所思。

用贼抓贼

宋伟叫来郑海,把女工宿舍丢内衣的事讲了个大概。

郑海不知宋伟是什么意思,问道:"宋总,您是不是认为这事是我干的?我郑海是在道上混过,东西也偷得不少,但偷女人的内衣,嘿嘿,我还怕脏了手，把自己弄倒霉了。"

"郑海兄弟，你误会了。我叫你来，是请你帮我分析一下，这个偷内衣的会留下什么蛛丝马迹。"

宋伟将孙燕祥的原话复述了一遍。

"七月十五，六月十七，五月十四。"郑海喃喃地说，"每个月的中旬，为什么都在这几天动手？"

"对了，此人功夫虽好，但不是专业的贼，夜视能力不强，只能在有月光的晚上行动。昨天晚上，也是大月亮。"郑海思考一会儿，突然说。

"如果你去打猎，会在有月光的晚上行动吗？"宋伟点点头，表示赞许，然后说道。"打猎"是黑话，意为偷盗。

"不会。"郑海肯定地说，"如果是我，打猎那天最好伸手不见五指。"

在矿区，包括郑海在内有几个人确有偷盗前科。原来宋伟猜测是他们其中之一干的，经郑海的表态和他的分析，惯偷作案基本排除。

曹猛刚去世不久，宋伟如今是真正意义上的一把手，矿区的工作千头万绪。这等小事他本不想管，但考虑到孙燕祥的情绪和女职工的稳定，还是决定认真查一查。

宋伟将破案工作交给郑海，在他看来，用贼抓贼效果最佳。

"凡打猎的人，身上都带有武器。我一个人怕完不成任务，辜负了宋总期望。"郑海说道。

"这个好办。我派人协助你，人选由你自己挑。"

"那就铁昆吧。一来铁昆武功高强，胆大无比；二来他与我熟悉，配合起来比较默契。"

"好！就这样办。"宋伟拍板，随即叫来铁昆，对他们二人作了番交代，还特别提出：抓到贼后先别声张，直接押来见他。

窃贼是熟人

郑海和铁昆去女工宿舍看了现场，与孙燕祥商量了抓贼方案。

八月初十，月亮半圆，两人开始蹲点守候，无果；八月十一，贼未至；八月十二和八月十三下雨，乌云遮月；八月十四，天气晴好，应该是一个月圆之夜。

"他今晚来的可能性最大。因为明天是八月十五中秋节，人们赏月喝酒到深夜，不利于作案。"郑海分析道。

"等咱们把他揪出来，看他的脸往哪里放。"铁昆冷哼一声，有些不屑地说。

为了提高成功率，郑海让孙燕祥在指定的阳台上挂几件红色内衣。他计算过，一个身体健壮的人，一步可以跃上串梁，脚再用力一蹬，手可以抓住阳台底部。

夜半时分，月到中空，一个戴着头套的黑影翻过围墙，然后左右看了一下，就半弯着腰，朝挂着红色内衣的阳台跑去。他果然身手敏捷，助跑迅速，一步跃上串梁。但他没想到，脚在接触串梁的瞬间，串梁一下就掉下去了。他更没想到，草丛中有一张大网，自己直接掉到了网中央。他想挣扎，但铁昆已拿着一把水果刀架在他的脖子上。

原来，郑海在串梁上做了手脚，不说一个人，就是一只猫在上面，也会掉下去。

郑海上前一把揭开头套，惊讶地发现，这人是采矿部副经理——刘洪。

惊恐中的刘洪也看到了郑海，他俩有些交情，于是用焦急和哀求的声音说道："郑海兄弟，放我一马吧！"

孙燕祥听到动静，披衣下床，推开阳台的门。郑海抓过铁昆手中的刀，将网砍断,拉着刘洪跑了。铁昆见状也跟着跑了。阳台上的孙燕祥一脸迷惑。

心上人的过往

在宋伟面前,刘洪坦白了一切。这是一个凄美、婉转,又令人深思的故事。

富起来的第一代人,大多是八十年代的城镇无业者。那年头,农民包田到户,一年打几千斤谷子就高兴坏了;城镇有工作的,思想没解放,守着"铁饭碗"不敢下海;那些既无田土又无工作的人,为生活所迫,发扬敢拼敢闯的精神,当个体户,头脑灵活的则当上了老板,挖到了第一桶金。

富起来的第二代人,是九十年代的下岗工人。没工作了,人的最大潜能被激发出来。大浪淘沙,竞争的结果就是有个别人脱颖而出,由工人身份变成了富人。

黄龙从冶炼厂下岗后,横下一条心,凭着在工厂里学的一些知识,带着几十个人,在矿区乱挖乱采,居然找到了钨矿。于是,躲进深山悄悄开采,偷偷地卖。这是矿区最先的创业史。

刘洪高中毕业后失业在家,经人介绍来到矿区投奔黄龙。黄龙见他有些文化,头脑还算灵活,便让他记账。后来,矿区人员增加,便让他当了分管财务的头目。

宋伦也是下岗工人,为寻出路投奔了矿区的黄龙。由于要扩大生产,黄龙叫宋伦去招工。宋伦带来的人中,有自己的妹妹宋丽。黄龙见宋伦较为老实且在员工中有一定威信,就让他当了生产部门的负责人。

当时矿区人少,女性更少,温婉可人的宋丽像一朵含苞欲放的鲜花,追求者众多。刘洪认为自己在矿区管财务,有点像"二把手",和宋丽是门当户对。但刘洪的爱情攻势没有收到成效，因为宋丽心中有人了，那就是矿区大红人——刘本贵。

刘本贵到矿区相对较晚，但这小子有灵气，跑销售是把好手。黄龙信任他，常常委以重任。

刘本贵再能干也是个打杂的，我刘洪按时髦的说法是财务主管，可宋丽为什么独独喜欢他呢？想到这儿，刘洪心中愤愤难平。

矿区几里之外有座废塔，是当时的制高点。刘洪心中郁闷时，喜欢到废塔散心，有时整晚住在里面。

废塔是哪年由何人所建，已无从考证。塔由石头建成，原有七层，但因年久失修，最上面的一层已经坍塌，没了塔尖。

一天，月光如水，四周幽静。刘洪一个人在塔上，孤独地思念宋丽。

前面来了两个人，越走越近，从身影看是一男一女。刘洪认出来了，是宋丽与刘本贵。刘洪心里如被打翻了五味瓶，心中有说不清是什么滋味。

刘本贵与宋丽讲了几句话后就一个人走开了。

没过多久，路边树林里闪出一个人影，再一细看，竟是黄龙。他来这里做什么？刘洪有些好奇，睁大眼睛看着下面。

黄龙从怀中取出一个头套，戴在脑袋上，然后轻手轻脚地接近宋丽。

当宋丽发现有人时，已经被按倒在草丛里。

"刘本贵，刘本贵！"宋丽大喊几声，可四周很静，无人应答。

如水的月光在拷问着刘洪的人性。他多么想冲下去，当一次救美的英雄，三拳两腿打跑黄龙。而有一种力量使他移不动脚步，因为污辱宋丽的是他的老板，是一句话就能决定他命运的人。黄龙为人狡诈、心狠手辣，他的手段刘洪是见识过的。

宋丽挣扎累了，没力气了！黄龙开始撕扯宋丽的衣服……

刘洪在塔上看着这丧心病狂的一幕，双手用力捏着栏杆，指骨直要刺破皮肤。

过了一阵，黄龙发泄完了，带着三分疲惫和七分满足开始穿衣服。宋丽用瞪着夜空的眼，下意识地看了一下这个禽兽。他还戴着头套，但腰间有块竖着的胎记，像一条蛇。

黄龙走了。宋丽在地上躺了一会儿，慢慢地坐起来，收拾被撕烂的衣裤，草草穿上，然后无助而凄冷地踉跄着离开。

不知过了多久，刘洪握着栏杆的手松开了。他恨自己的胆怯与懦弱，更恨刘本贵。既然宋丽喜欢你，你就应当尽心地保护她，为什么在她最需要你的时候却走开了？突然，刘洪想到另外一个问题，是不是刘本贵与黄龙串通好，刘本贵约来宋丽，把她像礼物一样送给黄龙？

刘洪想昏了头，有些问题他怎么都想不明白。

刘洪走下石塔，在罪恶的地方静静肃立。他捡起一块内衣碎片，拿到鼻子前一阵一阵地嗅，然后不停地搓揉。最后，他把碎片贴身放在上衣内。

也许就在那一刻，刘洪的心中种下了恋物癖的种子。

宋丽复仇

矿区要扩大生产，必须购买设备。黄龙一时拿不出这么多钱，于是一个叫林淼的人投资入伙。

林淼原是无业游民，八十年代当个体户。不知是因他曾做过鸽子生意，还是经常放别人的鸽子，他有了一个绰号，林鸽子。总之，这人奸诈多端。

矿区人多了，为规范管理秩序，黄龙任老总，林淼任副总，刘洪、宋伦、刘本贵分别为财务、生产、营销部门负责人。

黄龙见人马渐多，心里高兴，大摆酒席为林淼接风。矿区所有人员全部都要参加，宋丽也不例外。

席间，黄龙喝得有点高了，再加上天气热，在与林淼划拳的间歇脱了上衣。

宋丽一看黄龙，顿时眼睛瞪起来，表情僵硬。黄龙腰间有块竖起的胎记，像一条蛇。

瞬间，宋丽明白了那天强奸自己的正是黄龙，道貌岸然的黄龙竟然是衣冠禽兽！一种耻辱感袭遍全身，想报复的怒火在心间升腾。

宋丽悄悄地走了。她本来就是一个可有可无的人物，她的离席并没有引起任何人的注意。

报仇，报仇！如何报仇？宋丽首先想到的是哥哥宋伦。但哥哥为人老实本分，还有几分懦弱，指望他去报复黄龙很不现实。再说此事不能为难哥哥，还得对他保密。哥哥帮不了忙，刘本贵、刘洪更指望不上，看来报仇的事还得靠自己。

宋丽成了个有心人，仔细观察矿区的一切。她发现林淼来了后，黄龙狡猾起来，自恃是大股东，脏活、累活、危险的活，全让林淼干。而他耍起了老板派头，当起了跷脚大爷。这种做法，用当地话来说，叫"欺生"。

林淼这人城府深着呢，表面纹丝不动，其实心里有本账。他来的时候没带家小，衣服得自己洗。这是女人干的活，林淼做起来心里窝着气。

那天，林淼在湖边洗衣服。宋丽主动上前将衣服接过来，并说："这些事情，今后就我来干。"林淼笑得咧起了嘴。

晚上衣服晒干了。宋丽来到林淼的房间，将衣服叠整齐一件一件地放进衣柜里。林淼看着她，眼神渐渐有了异样，身体有了冲动。这种气氛宋丽感觉到了，但她假装不知。

林淼轻轻关上门，悄悄地接近，从后面一下抱住宋丽。宋丽"呀"的一声，还没反应过来，就被丢到了床上。

宋丽本能地挣扎、反抗，还说要喊了。但林淼欲火中烧，全然不顾。

第八章
两个恋物癖——对女人衣物兴趣异常

宋丽没喊而是选择了顺从。在她看来，林淼敢作敢当，胆子又大，不像黄龙那样当面一套背后一套。在这个晚上，她感受到这个男人的力量，心想，林淼是自己喜欢的类型，是自己的靠山，是自己复仇的工具。

就这样，宋丽与林淼勾搭上了。晚上，她时常出入林淼的房间，有时还提点酒来，两人对饮。有时，林淼酒后吐真言，表露了对黄龙的不满，宋丽不失时机地附和，诸如说："你要是大股东，比黄龙干得好多了。"

有一天，刘洪来找宋丽。宋丽在晒衣服，见他来了，打招呼后，主动说衣服是为林淼晒的。

"我要提醒你，人家是有老婆的。"刘洪听后，醋意涌上心头。

"洗几件衣服跟他有老婆有什么关系。"宋丽白了他一眼说，"狗咬耗子，多管闲事。"说完，她没再理刘洪，拿着洗衣盆走了。

刘本贵被提拔为营销部门负责人后，就与宋丽疏远了。宋丽也没深想，反正刘本贵已不再是她需要的男人。

过了一段时间，宋丽终于等到了复仇的机会。

杨三、周四是林淼老家的兄弟，因到处招摇撞骗名声不好，走投无路下来投奔他。林淼准备了酒菜，三人畅饮。席间，杨、周二人不断恭维，林淼得意忘形地表态说矿区偏僻，你们尽管留在这里，我保证你们有吃有喝。

但林淼没想到黄龙坚决不同意，说矿区本来就是非法开采，如收留犯事之人，引来公安，如何得了？

林淼几次求情都做了无用功，毕竟在矿区黄龙才是大老板。

林淼心里郁闷，独自喝酒。宋丽到来，林淼讲了原委，说自己在周、杨二人面前夸了海口，现在可如何收场？

"你大小是个领导，这点面子都不给，黄龙欺人太甚！"宋丽火上浇油地说。

"把老子逼急了，什么事都干得出来。"林淼阴沉着脸说。

"今后我也不能常到你这里来了。黄龙含沙射影地跟我哥说，你有老婆，叫我离你远点。他呀，把你说得头上长疮、脚底流脓，反正坏到了极点。我还听说，他背地里向心腹讲，把你弄进矿区是个错误，早晚要叫你走人。其实，淼哥有老婆，我不在乎，我就喜欢和你在一起。他黄龙凭什么管我的私事。你知道吗，我真怕你被他赶出矿区，今后就难见你了……"宋丽趁机挑拨。

她话没说完，敲门声响起，杨三、周四进来，满脸铁青。原来，黄龙对他们下了逐客令。

林淼不再言语，只是微微一笑，笑容中藏有杀机。

宋丽见火候差不多了，拿出酒，顺便找出几袋花生米、豆腐干之类简易下酒菜说："你们兄弟聊聊。"就出去了。

两天后，矿区发生了一件天大的事：黄龙清晨去检查生产情况，被山上滚下来的飞石砸中脑袋，当场死亡。

黄龙的家人来处理后事，对死因有些怀疑，但苦无证据。再说人走茶凉，矿区那些人，特别是中层骨干，见黄龙死了，纷纷投奔林淼，说出来的话都是对林淼有利的。还有个重要原因是，矿区是非法开采，如果报警，黄龙家里可能一分钱都拿不回来；如果相信黄龙的死是意外，林淼承诺将矿上的投资折算成钱，分五年全款退还。黄家人商量后，还是决定接受现实，要钱。

矿区，进入了林淼时代。

第八章
两个恋物癖——对女人衣物兴趣异常

现实很骨感

　　人生需要目标，当旧的目标实现后，又会产生新的目标。宋丽在报仇之后，觉得年龄不小了，应当为自己找个归宿。她还有爱情吗？经历了这场风雨，她的爱情也许已经死了。但生活还要继续，作为女人，她需要一段婚姻。尽管这可能是一段不完美的婚姻。她中意的对象不再是刘本贵，而是矿区一把手林淼。刚开始她接近林淼，是想把林淼当成一颗可以为自己报仇的棋子，而现在接近林淼，是想坐上"矿区第一夫人"的宝座。

　　可是，理想很丰满，现实很骨感。宋丽落花有意，林淼流水无情。也许在林淼的眼里，宋丽就是一个洗衣暖床的丫鬟。如果她闹凶了，最多让她当个临时夫人。至于长久相伴，白头到老，无疑痴人说梦！再说，林淼在老家还有老婆儿子。

　　"你何时同老家那黄脸婆离婚？"缠绵之后宋丽问道。

　　"我们现在跟夫妻有什么区别？"林淼嘿嘿一笑说。

　　"那不一样，现在总有人在我背后说三道四。再说，一直没名没分地跟你厮混在一起，我哥的面子也挂不住，骂了我几次了。"宋丽心中不快。

　　"你哥？宋伦啊。我不会亏待他的。我现在重用他，还不是看在你的面子上。可以这样说，你现在是把你哥罩着的，他还骂你干啥？至于别的人，你别管，谁敢在你面前张牙舞爪，只要跟我说，我替你出气。"林淼说完，就在宋丽身上乱摸起来。

　　类似今天的对话，宋丽和林淼说了几次均无果。他们两个，一个要的是性，一个要的是名，目标不一致，肯定同床异梦。

　　宋丽带着郁闷无精打采地走在回去的路上。突然，她看见前面大树后有一个黑影在晃动，那是一个人。"谁？"宋丽问。自从被黄龙污辱后，她走夜路都特别警觉。

"宋丽，是我。"出来的人是刘洪。

"大晚上的，你在这里做什么？"

"等你呀！"刘洪酸溜溜地说，"我知道你在林淼那里，就一直在路上等你。"

"你等我干吗？"宋丽明知故问。

"那林淼家里有老婆，是不会和你结婚的。"刘洪一把抱住宋丽，开始表白，"自从我第一眼见到你……"

宋丽奋力挣扎着推开他，然后大喝道："刘洪！"

刘洪继续说："我知道你和林淼那样过，但我爱你，我不在乎……"说到这里，刘洪又上来抱宋丽，没有冷静下来的意思。

"啪！"一记响亮的耳光，打在刘洪脸上。趁刘洪捂脸的时候，宋丽跑开了。

故事的高潮

宋丽感到自己陷入了一场战争，同林淼原配老婆的战争。随着战局的变化，她感到自己离胜利越来越远。她也曾想过放弃，但矿区第一夫人的虚荣支撑着她，要看一个最终的结果。既然战争没有结束，就必须继续投入。宋丽能投入的，是一个女人的一切：青春、美貌、精力……

男女之间的事情，传播得很快，矿区知道她和林淼暧昧的人越来越多。有人开玩笑，戏称宋伦为"国舅"。较为老实的宋伦受不了，给妹妹施加压力，要她找林淼摊牌，要么转正，要么结束。

是啊！到摊牌的时候了。怎么摊牌呢？一哭二闹三上吊。不行。林淼这人，你哭，关他屁事。你闹，闹烦了，给你一巴掌。你上吊，他会说，那就去吧，死了清静。思来想去，宋丽决定最后来一次动之以情，如不行，再侧面提一下黄龙的事，威胁一下。其实，黄龙究竟是怎么死的，宋丽也不知道。她只是能感觉到，黄龙的死是他杀，而非意外。威胁林淼，这是步险招，而此时的宋丽别无他法。

晚上，宋丽按谋划对林淼说，自己是一个清纯的女子，见到他后如何一往情深……

还没说几句，林淼打断了她，不屑地说："别再装单纯，你的过去我知道。"

"我的过去？我的过去怎么了？在你之前，我从来没有真正谈过恋爱。"

"哈哈哈！"林淼笑起来，然后说，"你以为我不知道，在我之前，你和黄龙，和刘本贵，都，都那个过。"

"谁讲的？谁讲的啊！"宋丽有些激动。

"哼！谁讲的都不重要。"林淼转过身，背对着宋丽。

"诬陷！诬陷！这是没有的事啊！"宋丽突然想起自己被黄龙强暴过，说"事啊"两个字时，声音低沉下来，底气明显不足。

"没有的事？人家刘……都给我讲了。"

"刘？刘什么，刘洪吗？"宋丽逼问。

"是刘洪给我讲的。"林淼感到说漏了嘴，干脆一不做二不休。

还没等到用险招来威胁林淼，宋丽就被打得溃不成军了。她知道自己不是林淼的对手，没有再战的勇气，哭着跑了。

那晚，皎皎的圆月将小径照得清晰可见。远处的群山、静谧的湖面，都像披上了一件银色的外衣。

宋丽没有心情欣赏矿区的夜景，她要找一个地方转移情绪，斗不过林淼，难道还斗不过刘洪吗？刘洪，你凭什么说我的坏话？

她朝石塔跑去。刘洪喜欢住在石塔，在矿区也不是什么秘密。

"刘洪！"宋丽在石塔下大喊一声。

住在塔顶的刘洪听到喊声，探出头来看。

果然在这里。宋丽三步并作两步跑，她要冲上去斥问刘洪，为什么说自己的坏话，为什么要毁掉自己的幸福？

石塔年久失修，五层的栏杆全没了，楼梯也不平。宋丽从没上去过，不熟悉。跑到五层时，一脚踩空，身子滑到塔外，宋丽本能地大叫一声。

刘洪听到叫声，立马从塔顶飞奔下来，见宋丽抓着一块石板，情形危急。

刘洪一跃，但只抓到宋丽的内衣，她掉了下去。看着手里抓着的内衣，刘洪全身僵硬，一脸茫然。他知道，下面是坚硬的石板，从五层楼上摔下去，还有命吗？

成恋物癖患者

刘洪跪在宋丽尸体旁，轻轻抚摸着她的脸。鲜血从宋丽口中涌出，在月光下显得格外刺眼。

刘洪将宋丽抱在怀里，心里五味杂陈。

下半夜了，刘洪开始思考，怎么处理宋丽的尸体？自己的确在林淼那里讲了坏话，她的死与自己有关。如果实话实说，宋伦会不会找自己拼命？还有，宋丽是自己失足掉下去的，但无其他人看见，宋伦、林淼等人会不会说是自己推下去的？真是跳进黄河也洗不清了！

一包烟抽完，天也快亮了，该做决定了。报警！这也许是对自己最有利的选择。刘洪将一个烟头狠狠地摁熄，做出了这个艰难的选择。

警察来了。

刘洪被带走。几个月后，确认宋丽不是他杀。

杨三和周四被抓住，分别审问，在坦白从宽的政策攻心下，该说的、不该说的全说了，包括与林淼合谋杀害黄龙的事也说了。

林淼故意杀人，是主犯，被判处死刑。杨三、周四系从犯，分别判处无期和二十年有期。

矿区被封。半年后，政府将其拍卖，曹猛与宋伟联手将其买下。刘洪从看守所出来，又回到矿区工作。宋伟找过宋伦，希望他也能回来。但宋伦想到回了矿区，常会想到死去的妹妹，便拒绝了。

曲终人散，尘埃落定。矿区非法经营的阶段过去了，一个合法经营、快速发展的时代来临。

刘洪将宋丽的内衣保留下来，夜深人静的时候，就拿出来抚摸，闻闻嗅嗅。他成了恋物癖患者。再后来，他看见内衣就会产生性兴奋，忍不住要去偷。

还有一点需要说明，刘洪为什么喜欢在月光下偷内衣？据郑海分析，他不是惯偷，怕走夜路。这种分析不完全正确。正确的解释是，刘洪遇到的几次应激事件，均是在大月亮时出现的，给他造成了强烈的心理暗示。

宋伟听完刘洪所讲并没有指责刘洪，而是好言安慰，并一再叮嘱郑海和铁昆对此事保密，就当作没发生。然后，他将我叫去，要我尽最大努力将刘洪治好。

治疗

我对刘洪的故事唏嘘不已，但作为心理医生，少一些道德评判，多一些治病救人吧。我回忆了相关理论，得出刘洪是一个标准恋物癖患者的结论。

确认为恋物癖要满足三个条件：一是在强烈的欲望和兴奋驱使下，反复收集，甚至偷盗异性物品。这些物品，主要包括异性内裤、乳罩、头巾等。二是用物品刺激性兴奋，使其性满足。三是持续时间在六个月以上。

毫无疑问，刘洪符合这三个特征。

我根据刘洪的情况，制定了治疗方案，决定采取三种疗法。

第一，精神分析疗法。

刘洪走进我的心理咨询室。我告诉他："你得的是一种称为恋物癖的心理疾病。得了病就要治疗，不能逃避。

"这种病行为怪异，有些难以启齿，但请你放心，我会保密的。我相信，宋伟、郑海、铁昆也会保密的。这种病只要治好了，不会对你以后的生活造成任何负面影响，也不会危及你在矿区的地位。

"恋物癖患者虽然意识到自己是病态的，但不能控制行为、反复发作，必须尽快治疗。宋伟叫你到我这里来，是一种正确的决定。因为在医学界，还没有一种药物能彻底治好恋物癖。而心理治疗却能缓解症状，收到一定功效。

"你和大多数患者一样，得病的原因与自己的性经历有关。你用内衣联系到了宋丽，联系到了自己爱的情感，促使了性兴奋。性的冲动经常出现，这种联系在心理上固定下来，使你沉溺其中、欲罢不能。

"爱情是不能强求的，更不能用耍手段的方式去得到。宋丽的死，虽然你不是直接凶手，但你应承担一定的责任。你保留宋丽的内衣，也许是为了留住对她的那份感情，也许是代表内心的忏悔。但不论哪种原因，这种做法都是错误的。你应该面对事实，承担起一个男人应担负的责任。我建议你把这份情感压在心底，不轻易去翻动它。你可以在每年清明节时，到宋丽坟前凭吊一番，寄托哀思；可以加强与宋伦的友谊，在时机成熟时坦白地对他讲出这一切，请他原谅。"

第二，行为矫正疗法。

心理学家巴甫洛夫认为，恋物癖患者的行为，可以用条件反射理论来解释。

人在喂猪时，猪听到人的脚步声就会流口水，并向猪槽走去。这种模式固定下来，就形成了条件反射。而恋物癖患者，见到所迷恋的物品就产生性兴奋，反复强化后，条件反射就固定下来。

患者的病态是通过条件反射产生的，我们可以通过相反的条件反射来消除这种行为。

我让刘洪坐在椅子上，闭上眼睛，全身放松，双手自然下垂。我引导他回忆偷内衣时的感受，特别是要想被人家发现、抓住、嘲笑时的恐惧感。我不仅让他想，而且还让他讲出来。如此几次后，再叫他彻底放松，回到平静状态。

第三，恶性刺激疗法。

恶性刺激疗法也称厌恶疗法，是公认的治疗恋物癖的最有效方法。

我请楼虹买来一件内衣放于桌上，然后手持一根木棍站到刘洪身后。刘洪去抚摸内衣时，楼虹持棍打上去，如此反复练习三天。

翌日，内衣仍放在桌上。

"楼虹不会打你了，你拿起内衣，想闻就闻吧。"我说。

"真的？"刘洪半信半疑，拿起内衣嗅起来。"呕！"刘洪差点吐了，原来内衣上有难闻的臭味。

如此反复练习几天，刘洪说自己病好了，能克服内衣的诱惑了。

"你收藏的那些内衣,怎么处理?"我问。

"扔,全扔,一个不留。"

我见刘洪说话坚决,知道他好得差不多了,就没再为难他。

刘洪的治疗就讲到这里。下一章,我来讲情执患者的故事。

MIND

CATCHER

第九章

爱情的迷失——动真情易得心病

问世间，情为何物，直教人生死相许！在心理咨询实践中，来问爱情的人不少，汤烨就是其中的一位。

　　那是一个周末的上午，慵懒的阳光漫入窗户，将咨询室照得亮堂堂的。汤烨走了进来。他五官端正、轮廓分明，穿着笔挺的西装，提着方正的公文包。我微笑着请他坐下，给他倒茶，然后问他有什么需要帮助？

　　"最近看了一档电视节目，与我的初恋经历相似，受了刺激，影响了睡眠。"

　　"你的初恋故事可以用荡气回肠、刻骨铭心、永世不忘来形容。"

　　"你怎么知道？"汤烨有些惊讶地问。

　　"看个电视剧就受了刺激，这不是电视剧的错，而是你内心有伤痕，有一个不想触及的伤痕。而且，那段初恋故事是掩藏在你内心的秘密，也许你没告诉任何人。"我浅浅地笑了笑。

　　"果然不愧为心理医生，说得真准。"汤烨对我信任感加强。

　　"一定要说出来，说出来心里才好受，我才能帮助你。"我鼓励他。

　　"那好吧！反正在今天之前我们不认识，再说你不是我圈子里的人，也没有什么利害关系。我就给你讲讲吧。"汤烨迟疑两秒说。

　　汤烨的思绪拉回十年前。

开启三角恋情

那时汤烨大学刚毕业，受聘于某市开发区一家企业。

他性格偏内向，比较腼腆，见到女生易红脸。中学阶段，他基本不同女生接触，大学四年也没正儿八经谈过恋爱，感情世界一片空白。

白纸一张，好写字。可是汤烨写下的初恋故事，是一段孽缘，或者说是一段畸恋。

周末不上班，天冷。汤烨是单身汉，离家又远，闲来无事时喜欢到小卖部蹭火烤。经营小卖部的小青年开朗、热情，每天都生上炭火，引来几个年轻人围火闲聊，一来可以打发守店的冷寂时光；二来也可以为小店带来点人气，增加收入。

就在这个小店里，汤烨认识了霞。

霞是一只"丑小鸭"：个矮、娇小、不化妆，齐肩的头发用橡皮筋一扎，成一个扫帚发型，穿着灰色条纹风衣，一副中年妇女的打扮。

霞不是美女，顶多算是村里的小芳。汤烨是大学生，年轻又帅气，有心理优势，与霞聊起来脸不红、心不跳，偶尔还卖弄一下学问。

与霞聊了会儿，汤烨觉得霞不简单：她见多识广，出口成章，气势还有几分逼人。

汤烨沉着应对，两人你一言我一语，争论气氛热烈，有时还有几分火药味。

时至中午，霞要回去吃饭，两人"收兵"，相约明日"再战"。

第二天，两人聊天时火药味少了，相同话题多了。霞告诉汤烨，自己是某名牌大学的毕业生，随男朋友到开发区打工当会计。汤烨心想，原以为只是个村姑，没想到实则大有来头，怪不得语言像滔滔江水延绵不绝。

开发区刚建成不久，配套设施较差，没什么娱乐活动，烤火聊天是冬季消遣的最好方式之一。

有一天，汤烨问霞："总是见你一个人，你男朋友怎么不陪你？"

霞说男友工作太忙，再说一个人才自在。凭直觉，汤烨感到霞与男友好像有什么问题。

天气转暖，霞约汤烨去爬山。汤烨迟疑一下便答应了。那条弯弯的山路，留下了两个年轻人欢快的脚印。

"咱们好像在谈恋爱？"汤烨试着问道。

"我还没答应你呢！"霞有些羞涩地说。

"可是你有男朋友。"

"什么男朋友，同学而已。"

霞说了自己的感情经历："大学期间，误入三角恋爱，一个优秀的男生因我自杀。我哭，我痛，父亲好几次到酒吧背我回家。祸不单行，恰巧这时父母婚姻亮起了红灯，家里不再和谐。我现在名义上的男朋友杨阳，是我大学时期的追求者。他见我这样痛苦，求我跟他来到这个城市。我同意了，但同时约法三章，最重要的就是以同学关系相处，什么恋爱结婚之类的都别想。我原以为此生不会再有爱情，但见到你后，好像昏暗的世界又出现了光明。"

就这样，表面上霞是杨阳的女朋友；暗地里，霞成了汤烨的女朋友。

霞说，等家里的事处理好了，就会离开这里，离开杨阳。

汤烨信了。

霞说，自己老爸是建筑公司的老板，资产好几千万，自己家有房产、门面、企业。霞说得认真，汤烨不得不信。

霞说，杨阳家贫，照顾自己一段时间，老爸就会给他一笔钱，作为他创业的启动资金。

汤烨讲到这里，我插话道："你知道她家里的条件后，是不是更爱她了？"

汤烨答："爱上她的时候，谁知道她是富二代！但知道她的家庭条件后，就更加不愿放弃。"

我叫汤烨接着往下讲。

霞说，自己的家庭很复杂，要处理好至少需要三年时间。汤烨说一定等她三年。霞深情地望着汤烨，说会珍惜这段感情。

这时的汤烨还没意识到，这只是一段三角恋爱的开始。而这段三角恋爱持续的时间不是三年，而是五年。这五年，对于三个年轻人来说，都是人生中最宝贵的青春岁月。

八个片断

要把这五年的经历讲完，足够写满一本书。这里仅谈几个片断吧。

片断一：分手

霞提出分手，汤烨难过得泪如雨下，霞也跟着落泪。几天后，霞约汤烨出来，说不分手了，两人和好如初。分分合合好多次，情景各异。

片断二：命运

霞的父亲来开发区，要见汤烨。而汤烨应朋友所邀出去喝酒了，恰巧手机没电，错过了这次机会。一个晚上错过，就永远错过了，霞的父亲于第二天一早出国。后来，汤烨再也没有见到霞的父亲的机会。而霞多次说："如果你能够见到我爸，他可能就同意我们的婚事了。"顺便说几句，霞的生母早逝，由继母带大。此次家庭危机，是霞父亲的"小秘"想转正。

片断三：情敌变朋友

霞因不听父亲的话，被断了生活费。杨阳辞职经商，在生意伙伴的奚落下想单干，但没有启动资金。汤烨听说后，拿出了所有的钱。一元、二元，甚至一角、两角，全拿了出来。杨阳感动极了，三人成了朋友，常在一起吃饭。

"你们三个在一起吃饭时，霞是谁的女朋友？"我问道。

"谁都没提这事，没把话说清楚。"汤烨说。

我摇了摇头，示意汤烨接着讲。

片断四：鼓励

其间，经历了一些风雨，汤烨累了，对霞说："既然我们条件差异太大，就没必要勉强了。"霞说："你有希望为什么不去争取？你知道吗，你和我结婚后，你的未来是多么美好。"在霞的鼓励下，汤烨在痛苦中坚持着。

片断五：换环境

汤烨想离开这里，换个环境重新开始，于是来到另外一座城市，并找到了新工作。霞多次来探望他，每次都是杨阳接送。她去哪儿，杨阳是非常清楚的。他还与汤烨打电话，叫准时接车云云。

"霞与你们两个男人不成了公开同居了吗？"我又插话。

"算是吧！现在回想起来，霞把两个男人调教得这么乖顺，一定是两边说假话。你要知道，这两个男人都非常爱她，非常想与她结婚啊！"

"这不是玩火吗？"

"是玩火，但人家玩得高明，没玩出事。霞这女子，也承认自己有些玩世不恭、游戏人生。而我用情太深，不甘心半途而废，就麻木自己，失去了正常的判断力。"

"爱情,有时会使聪明人变笨。"我示意汤烨接着说。

片断六:怀孕

霞怀孕了,说孩子是汤烨的。汤烨对此心存疑虑,但嘴上并不否认。这时,霞已经和杨阳以夫妻身份同居。汤烨悄悄地看过两次所谓的儿子。这个小孩跟着霞姓,究竟谁是孩子的父亲,也许永远是个谜。

片断七:结婚

四年过去了,汤烨身心交瘁,整个人到了崩溃的边缘。霞说,为了儿子上户口,只能与杨阳结婚了。汤烨能说什么呢?后来的一年,汤烨与霞断绝了联系。他经人介绍认识了一个女子,闪婚了。

片断八:尾声

故事讲到这里,本该结束了。但断绝联系几个月后,霞找到汤烨,说杨阳对她不好,她准备离婚。她要汤烨也离,再续前缘。汤烨该怎么办?霞见汤烨不再像以前那样义无反顾,愤而带着孩子出国,投奔她老爸去了。从此,汤烨再无霞的消息。

情执

一个故事画上了句号,并不意味着一段情感的结束。霞是汤烨的初恋,在他心里刻下了深深的印痕,并对日后的生活产生了极大影响。在与闪婚对象平静的婚姻中,他时常想起霞,甚至在过夫妻生活时,也幻想妻子是霞。前几天看了一档关于三角恋的电视节目后,他就睡不好觉了。看来,汤烨确实应该求助于心理医生。

"一段感情导致你精神上的痛苦，影响了你的工作、事业和健康，这属于心理问题。"我对汤烨说。

"秦医生，那我得的是什么病呢？"

"借用佛教上的一个名词，这种病，就叫情执。意思是说，对感情的过于执着，给你带来了许多负能量，剥夺了你的幸福。"

汤烨请我帮他治疗，我欣然同意。

在我看来，"情执"患者的心灵深处，有一棵不该生长的"情树"。这棵树枝繁叶茂，蒙蔽了内心。对其治疗，可以概括为"摘叶、断枝、刨根、培土"四个步骤。

第一步"摘叶"。

所谓"摘叶"，是指摘掉患者思想观念上的错误认识。

"什么是爱情？"我问汤烨。

"不知道！"汤烨回答。

"你连爱情都不知道，就稀里糊涂、轰轰烈烈地爱了一场。在你心中，一定有爱情的观念，你是有文化的人，提炼一下吧。"

"我不能用一个准确的概念来表达。我只认为，爱是一种感觉，这种感觉是什么，我也说不清楚。"汤烨想了想说。

"爱情，是一个很个性化的问题，不同的人有不同的回答。先不论你的理解正确与否，但爱情有些基本原则，比如真诚、美好、专一、奉献等。汤烨，你的前女友同时与两个男人谈恋爱，她在爱的道德上是有问题的。对于这点，你承认吗？"我说。

"应该承认。在这场三角恋爱中，主动权一直在她那里，如果想早一点结束，她是有能力的。再说，在认识我之前，她就有过一次三角恋爱，而且还闹出了很大风波。她没有从中汲取教训，说明了她在游戏人生，道德感的确值得商榷。"

"你把她的本质看清楚了，还怕她什么呢？为什么看个三角恋电视剧，就会刺激你的神经，就会睡不着觉？"

"我也不想出现这种情况。秦医生，你告诉我，我该怎么办？"

"睡不着觉，是你内心有担忧、害怕的东西。你得想想，自己究竟怕什么？"我回答他。

"我想见到她，但又怕见到她，我怕她出现后，会打乱我目前的生活。"

引导到这里，"叶子"摘下来了，"枝干"部分也看得较为清晰。我们进入治疗的第二步。

第二步，"断枝"。

所谓"断枝"就是断绝患者思想深处不应该有的念想。

在"摘叶"环节，我用引导式与他交流；在"断枝"环节，我决定采用设问式疾风骤雨地交流。

"你欠霞什么？你等了她四五年，对她仁至义尽，应该问心无愧。你还欠她什么？"

"你为什么还想见她？因为你忘记不了初恋的感觉。在我看来，这种感觉是虚幻的，是飘浮在空中的海市蜃楼，是五光十色但经不起现实碰撞的肥皂泡。汤烨，既然你认清了这场恋爱的本质，还迷恋这种感觉，这叫什么？这叫糊涂！"

"你害怕她回来找你，是你的错；你期待她回来找你，更是你的错。如果她真回来了，你应该对她说，'那时我们还年轻，犯了错误。现在我们都有各自的生活，应当珍惜当下，以前的事就让它过去吧。我们可以成为朋友，但别提什么感情了'。"

我看汤烨的表情，我知道他接受了我的观点，"断枝"成功。接下来，就该实施第三步了。

第三步,"刨根"。

人有两种生活,即物质生活和情感生活。物质生活是指吃穿住用;情感生活是指亲情、友情、爱情。亲情可以很伟大,友情可以很高尚,爱情则更为敏感,更为刺激人的神经。情执患者是将情感生活,特别是将爱情看得过重的人。

汤烨告诉我,从青春期开始就反复冥想一个彼此相爱、生死相随的爱情故事。他在这个故事中沉醉不已。

找到了,情执的根源找到了。我告诉汤烨:冥想是虚幻。我们可以去冥想,但不能将冥想带到现实中。因为琼瑶小说般完美的爱情,在现实中几乎是不存在的。再说,可歌可泣的爱情不是人人都能得到,而是可遇而不可求的。如果你在生活中硬生生地寻找所谓的完美爱情,那就是现实版的堂吉诃德。闹出笑话来是小事,伤已、伤情、伤身是大事。

这段话较长,等汤烨理解了一会儿后,我对他说:"所谓'刨根',就是要丢掉不切实际的幻想,接受相对平常的感情生活,接受现实中的自己,从而刨掉产生情执的思想根源。"

根刨了,必然在土壤上留下一个洞,接下来就要做第四步工作。

第四步,"培土"。

"培土"就是添土的意思。添什么"土"?当然不能添情执的土,而应当添能使健康情感生根发芽的土。

"现在,你对你妻子的感情如何?"我问汤烨。

"我老婆的优点是老实、善良,缺点是少了些生活情趣,一天到晚除了上班,就是回家做饭、洗衣服。"汤烨说。

第九章
爱情的迷失——动真情易得心病

"汤烨，不是我说你，你这叫身在福中不知福。婚姻是什么？婚姻就是过日子，过每天都要做饭、洗衣的日子。你和你老婆的现状，就是天下大多数凡夫凡妇的幸福生活。你以为和霞结婚就会特别幸福吗？不一定！得不到的才是最好的。如果你得到了，也许就后悔了。像霞这种游戏人生的女人，每天一惊一乍，够你受的。

"世界上有两种人最聪明，一种是骗子，另一种是善良的人。在你的情感世界中，霞是骗子，哄得你团团转；你老婆则是善良的，她能给你一个真实而美满的人生。而你呢？却不大珍惜。

"霞对你来说，永远是虚幻的，而你的枕边人，你的老婆，才是真正值得你爱的人。"

治疗情执这四步看起来简单，在操作实际中，我为汤烨心理辅导不止二十次，才基本达到目的。

汤烨的治疗故事讲完了。为了加深对情执的理解，我再讲一个矿区的故事。

另一个故事

丁隆，矿区科研部经理，科班毕业的研究生。在一次东部人才招聘会上，他被宋伟相中，高薪聘请。他来矿区后，果然不同凡响，组织了几次技术攻关，节约了生产成本，其工作能力得到了宋伟的高度赞赏。

事业上一帆风顺的丁隆，桃花运也接踵而来。矿区一枝花，宋伟的侄女宋仪文看上他了。宋伟看在眼里，喜在心头，牵线搭桥，有意撮合。两人进展很快，三个月后就谈婚论嫁，选定了良辰佳期。

婚后的日子平淡如水。丁隆无明显恶习，一心扑在工作上，按理说是一个好男人。可是敏感的宋仪文总觉得他们之间缺少点什么。一日黄昏，她看见孤雁单飞，突然懂了，她与丁隆之间缺少的是爱。也就是说，丁隆不爱自己，心思没放在自己身上。经她观察、打听、分析、判断，丁隆没有别的女人。这是怎么一回事？宋仪文百思不得其解。

丁隆与宋仪文的沟通越来越少。在她看来，丁隆对她实施了家庭冷暴力。她想约丁隆谈谈，但每次话刚提起就被丁隆岔开。宋仪文觉得，自己的婚姻像掉进了一个黑洞，未来还有几十年，这日子怎么过呀？

宋仪文读中学时一直住在宋伟家里，叔侄感情甚好。在宋仪文看来，宋伟就是半个父亲。一日，宋仪文婉转地向宋伟倾诉了苦衷。

宋伟是个聪明人，他认为丁隆心中可能藏着什么事，或者没有走出以前的感情经历。宋仪文请宋伟找丁隆谈谈。宋伟说不可，自己既是矿区负责人又是丁隆的长辈，找丁隆谈这种事情，丁隆很难说实话。心病还须心药医，具体方法还得考虑一下。

宋伟思量再三后打起了我的主意，把我请到他办公室。

他先是笑呵呵地表扬我一番，说自从我到矿区以来，员工的心理健康有大幅度提高。然后，他把话题一转，说矿区要加强文化建设，举办文化讲坛，这第一堂课就请我去讲，标题他都给我想好了——"成年人感情障碍及心理纠偏"。

"好啊，好啊！"我高兴地说，"这种普及心理知识的事情，我最愿意去做。"

"这次讲坛，除了你主讲，还要安排一名部门经理谈体会。"

"这样也好，有人谈体会，可以从不同角度加深理解，提高讲课的效果。但我不知请谁上台谈体会更恰当？"

"这个人我已经想好了，就是科研部的经理丁隆。"宋伟和我交了底。

我会心一笑，心里暗赞宋伟虑事周密。

第二天下午，我找到丁隆，开门见山地说："丁经理，心理讲坛的事，宋总和您提过了吗？"

"提过了。我正准备找你，没想到你先过来了。"丁隆说。

"您是要谈体会的，了解的知识应比别人多一些。我之所以过来，就是想提前与您交流一下。"

我对丁隆讲，感情障碍包括单恋、相思、失恋、初恋情结、处女情结等问题。这些问题认识不清或是处理不好都会影响健康，给工作和生活造成危害。

我边讲边观察，当我讲到相思、失恋时，丁隆的表情有些痛苦，估计他在这方面有心理创伤。我引导他说，要是得了心病，闷在心里会很难受，所以一定要讲出来。如果生活中找不到适当的人倾诉，可以讲给心理医生。就算有难言之隐，心理医生有职业道德，也会保密。

丁隆欲言又止，我也没追问。

心理讲坛如期举行。由于我准备充分，选择的案例具有代表性，再加上语言幽默生动，我的讲课赢得了阵阵掌声。我讲完后，丁隆上台谈体会，先是把我恭维了一番，然后讲了心理障碍的危害。最后他呼吁如有不健康心理大可主动来找我，早日疏导，早日获得健康。

"丁经理，我觉得您口是心非！"活动结束后，我叫住丁隆说。

"什么口是心非？"丁隆有些吃惊问，"秦医生，此话从何说起？"

"您在讲坛上呼吁有心理问题就来找我。可是你有心理问题，却想烂在肚子里。"

"我有心理问题，你如何知道？"丁隆问。

"别忘了，我是心理医生，我看得出来。"我故意卖弄玄虚，"我不仅知道您有心理问题，而且还知道您和夫人的关系也不和谐。丁经理，您不会否认吧？"

丁隆愣在那里，没有否认。

"丁经理，心病还得心药医，有些事情说出来心里就好受了。明天请到我的咨询室，我们好好交流。"

丁隆点了点头。

丁隆来了，在我的开导下，终于讲出了心中的秘密。

丁隆研究生毕业后，到某国有企业从事技改工作，不到两年时间，就取得两项专利，可谓成绩斐然。

丁隆的未婚妻是个精明人，她对丁隆说："你一天到晚琢磨设备，花了许多精力，连陪我的时间都很少，这样辛苦却在企业领那点死工资，太不划算了。如果我们利用你的资源和优势，开一家小型的矿业设备销售公司，肯定能赚钱。"

丁隆是技术型干部，对经商不感兴趣，于是对未婚妻说："如果你乐意，你就开吧。"

未婚妻说干就干，没过多久公司就开张了。开公司的钱，主要是丁隆出的。

按理说，丁隆懂行情、有技术、有资源，未婚妻热衷于跑关系、跑销售，这样的组合可称完美。

但没过多久，矛盾爆发了。原因不是两人分工出了问题，而是两人的价值观不同。丁隆以研发技术、申请专利为乐。未婚妻是一个商业人才，以扩大销售赚更多的钱为乐。就这样，两人共同语言越来越少，心越离越远，出问题是早晚的事。有一次，未婚妻要丁隆将所在企业的一项核心技术偷出来，提供给竞争的企业以换取市场代理权，丁隆毫不犹豫地拒绝了。未婚妻觉得丁隆太傻、太呆，无培养价值，有了离他而去的想法。而不太敏感的丁隆，根本没意识到问题的严重性。

第九章
爱情的迷失——动真情易得心病

一个山西商人看出了一点端倪，先是与丁隆的未婚妻合伙做生意，后是蛊惑其携款私奔。

丁隆没想到未婚妻会背叛自己，受此打击后无心钻研技术，从企业辞职，天天酗酒。但人总要吃饭，在不得已的情况下，他接手经营未婚妻留下的空壳公司。他不再钻研技术，而是凭自己在业内的资源，做起了买空卖空的生意。

丁隆没把精力用于生意上，一个人做不过来，他开始请帮手。第一个，是个小青年，上了几天班，太笨被他骂走了。第二个，是个大姐，不仅笨，情商也低。有一次收错了款，丁隆骂她，她想顶嘴又不敢，于是转弯抹角地说丁隆那方面不行。丁隆听出来了，一把卡住她的脖子逼问消息来源。她只得说，街坊邻里好多人都知道，是丁隆以前的未婚妻讲出来的。"滚！"丁隆火了，将之开除。

他再也不想请帮手，凡事都自己干。喝酒的时候，常骂未婚妻，说携款私奔不就得了，为什么还要抹黑他？其实这是未婚妻为自己私奔找的理由而已。

经营公司一段时间后，丁隆又有了请帮手的打算。因为事情太多，他爱喝酒，有时还要游泳，的确有些忙不过来。

有一日黄昏，丁隆喝得醉眼蒙眬。恍惚中，一个女子摇曳多姿地走了进来。丁隆问："你是来找活干的吧？我这里差个帮手。"

"是啊！我能做好多事情，要的工资也不高。"女子的声音清脆悦耳。

丁隆睁开眼，努力摆脱酒精的控制，仔细打量着眼前的女子：漂亮、性感，一头长发黑亮顺滑，浑身上下都充满着青春气息。冲着这副长相，丁隆说："留下吧，给我当帮手。"

女子自我介绍，她叫张红。丁隆认为，管你叫张红还是李红，只要能给我做事，让我当甩手掌柜就成。也许他还认为，漂亮不能当饭吃，但谁都不能否认的是，美貌有时是最好的敲门砖。

张红大方、外向、热情，进入工作角色很快。时间不长，她就把整个经营网络弄清楚了。丁隆落得轻松，有时上午就开始喝酒，生意交给张红去打理，反正她精细，不会出错，比前两个帮手强多了。

有一日，丁隆到河里游泳回来，公司已关门。丁隆开门进去后，见酒菜也摆在桌上。他知道是张红准备的，会心一笑，心想，这个帮手请对了，不仅帮着做生意，还帮着伺候自己。当老板的感觉，就一个字——爽！丁隆心安理得地喝起酒来。

寝室里传来声响，怎么有人？丁隆警觉地朝房间一看，原来是张红没走，正在给自己收拾房间。

张红见丁隆在门口看着自己，也没停下手中的活，继续拖地。

有些酒意的丁隆看见张红青春靓丽的声影，冲动地说："你留下来收拾房间，孤男寡女的，就不怕我……"

"咯咯。"张红笑了两声说，"我才不怕你呢！你不会对我怎么样。"

"你以为我不敢？"丁隆问。

"我听说你没危险。"

"没危险，什么意思？"

"你是真不懂，还是装糊涂？"张红追问。

"真不懂，你说来听听。"丁隆一杯酒下肚说。

"我听见好几个人说你不行。"张红看了丁隆一眼，继续说，"人家讲啊，是你以前的未婚妻说的，不会错吧？"

听张红如此一说，丁隆不知是怒了，还是酒色壮胆："说我不行，你就体验一下我究竟行不行！"丁隆将酒杯一扔，扑向张红。

是谁勾引谁？说不清楚。但完事后，张红提出的第一件事就是要求丁

第九章
爱情的迷失——动真情易得心病

隆涨工资。丁隆同意了,她既是生意场上的帮手,又是自己的情人兼保姆,多领点工资,理所当然。

两人就这样暧昧起来,但人非草木、孰能无情,一种名为"爱情"的东西,在不经意间悄悄地生长。

丁隆在喝酒时想,自己爱上张红了吗?不知道。自从被前任伤害感情后,丁隆曾一度认为女人都是混蛋,自己不会再爱上人。但张红的出现使他的观念有些摇摆。

有了张红这个能干的帮手,丁隆彻底清闲下来。那些打交道的商人,见到丁隆的面就夸张红,说他找了一个好帮手。丁隆有时要谦虚几句,但心里暖洋洋的。

如果日子就这样过下去,丁隆与张红继续这样不明不白、不清不楚也挺好的。可是,事情总是发展变化的。不久后,丁隆对张红的感情升温了。

一次亲热后,张红承认自己接近丁隆确有所图。丁隆笑说,正常,正常,每个人做事都有动机。但张红后面说出来的话,丁隆就没这么淡定了。张红说,自己是个流浪女子,以行骗为生,在山西时遇见了丁隆以前的未婚妻,骗术被她戳穿了。丁隆的未婚妻说:"你去给我骗一个人,我就不报案。"不用多说,她要张红去骗的人就是丁隆。

丁隆听到这里,一下坐了起来——太意外了!他原以为这辈子不会再听到未婚妻的消息,同时也想不通,她为什么这么恨自己?他一直没有看清前任是个什么样的人,所以她才会背叛。好在,他用爱情,把张红搞懂了。

张红说,丁隆以前的未婚妻日子也不好过,拐她的山西商人家里有老婆,她只是"小三"。虽然山西商人给她一家小公司经营,但正房常上门打闹。丁隆听到这里,兴奋地说了一句"活该"。

丁隆紧紧地把张红抱进怀里,感谢上天给自己送了个既能干又温柔的好女人。

这次之后，丁隆将生意上的事全交给张红打理，自己当了甩手掌柜。

半年后的一天，丁隆游完泳回来，在家里优哉地喝起小酒。张红已经四天没出现了，可能到哪里去组织货源了。如今她把业务版图拓展得更宽，邻省的商家都被她纳入销售圈子。最长的一次，她十天没回家。这次才四天，丁隆没当一回事。

王老板来问："丁老板，张红呢？"

"不知道。"

"你知道她欠了我多少货款吗？"

"不知道。"

"你看你，什么都不知道，真不知道你是怎么当老板的。"王老板见丁隆仍在喝酒，一副事不关己的样子说，"丁老板，你知不知道，如我找不到张红，那些钱必须由你来还。"

"看你紧紧张张的，多大点事嘛。"丁隆招呼王老板，"来来来，一起喝酒。"然后，丁隆给王老板打包票，说张红办事牢靠得很，绝不会出问题，也不会赖他一分钱。好说歹说，才把王老板劝走。

过了几天，丁隆没等回张红，却把李老板等来了。李老板说的问题与王老板差不多。丁隆拍胸口打包票，把李老板请走了。

眼看半个月了张红还没回来，丁隆有些着急。赵老板来了，进门就问，张红呢？丁隆说自己也正在找她呢。赵老板拿出一纸合同，丁隆一看，傻眼了。这是张红代表公司签的，公司的所有动产和不动产全部抵押给了赵老板。而现在所有现金，全被张红卷走了。

丁隆接受不了这个现实，坐在地上哭了起来。他边哭边说，自己的命为什么这么苦，上次被未婚妻骗了，这次又被张红骗了，而且一次比一次骗得狠。

赵老板本来是来追债的，见丁隆这样子反过来安慰他："按我说，你丁老板也算是知识分子，怎么就栽在一个小女子手里！"

其他商家闻讯都跑来催债，有的拿合同，有的拿白条，有的什么都没拿，反正就是说张红欠他的。丁隆被这些人围在中间，没办法，只得坐在地上哭，自己打自己的耳光。

有人叫丁隆报案。赵老板说："丁老板早就资不抵债，身无一文，他也是受害者。当务之急是找到张红。依我看，丁隆报案，我们也报案。我们给丁隆说说情，就别将他弄到看守所关押了。他和公安一起找张红，这才是解决问题的办法。"

其他人赞成赵老板的意见。

丁隆情绪激动地说："我要是找到张红，除了要她把吃的钱吐出来，而且还要扒她的皮。"

报案后，警察发现张红的身份证是假的。在公安抓捕张红的同时，丁隆也在寻找张红的路上。张红是职业骗子，公安找不到，但丁隆可能找得到。因为有一次床上亲热后，张红说她在太湖悦来酒店旁边买了一幢房子，每次骗钱得手后，就会到那里享受一段时间。

当丁隆出现在张红面前时，她显得一点也不吃惊，像久别重逢的恋人般一下扑到丁隆怀里。丁隆条件反射地紧紧抱着她，又亲又吻。这哪是抓小偷、抓骗子，分明是小别胜新婚。

亲热完后，两人躺在床上。丁隆说："自从你走后，每天都有债主上门，我没钱还，债主就报案。一听说要抓我，我就跑了。"他明显说了假话，掩盖自己的动机。张红一笑，不知是相信了丁隆的话，还是有意不拆穿他。

第二天，又在一阵缠绵后，张红告诉丁隆，她每次骗来的钱均存入一个卡中。这个卡是别人身份证开的，绝对安全。

"这些年来你赚了多少钱？"丁隆问。

"我赚的钱够我们俩用一辈子了。"张红说。

丁隆不再说话，像有心事。张红也没在意。

当天晚上，狗叫、人吵。张红起来一看，是警察来了，房子已被封住。丁隆仍在睡。

"丁隆，丁隆。"张红边叫边拉。

丁隆起来，一头雾水。张红再没说话，只是连拉带拖地将丁隆拽到阳台，然后用力一推。就在丁隆被推入湖中的那一刻，警察破门而入，张红被捕。

警察听见落水声，到阳台上去看，除了浩渺无边的湖水，什么都看不到。等了一会儿，也不见有人冒出个头来，警察们只得押着张红回公安局。

丁隆经常到河里游泳，水性极好，当然不会淹死。他潜游到岸边，独自坐着发呆。因为，警察是他向当地公安报案引来的。但在警察来抓人的一刻，张红将他推入湖中，让他逃走，可以说是牺牲自己来保全丁隆。这说明张红爱他胜过爱自己。他自责，除了自责，还是自责。

这一刻，丁隆明白了，张红为什么要骗那些商家的钱，是因为公司的生意入不敷出，她想骗点钱，使他们日后的生活有保障。为了不牵连丁隆，她对这一切全程保密。但她又用自己的方式，暗示藏身之地在太湖边，使丁隆能找得到她。

到此刻，丁隆理清了感情的关系，张红肯定是爱自己的，她的担当也感动了丁隆，使他爱上了她。

张红的举动使丁隆受到了教育。他决定第二天到公安局，主动承担一些责任，以减轻张红的罪行。他决定，不管张红判多少年，都会等她。

当丁隆到公安局后，才得到一个晴天霹雳的消息：张红当晚从看守所越狱，意外身亡。

丁隆觉得该死的是自己，而不是张红，内心撕心裂肺般地痛苦。

有人说，时间是最好的良药，可以抚平一切伤痛。但时间却医治不好丁隆内心的创伤。他想忘掉张红，可就是做不到，每当夜深人静总会想起她的身影。之所以答应宋仪文的婚事，也是想开始全新的人生。丁隆与宋仪文的婚姻，注定不会一帆风顺。

听完丁隆的往事，接下来该我考虑怎样引导和治疗。

我分析，丁隆主要存在两种心理问题。

一是忏悔心理。每个人，均是天使与魔鬼的结合，每个人的内心深处，都有美丽和丑恶的情感。他觉得，张红对自己掏心掏肺，自己却对张红狼心狗肺。可以说，张红的举动，抑制了丁隆内心的丑恶，激起了他的正义感。有了正义感，丁隆十分后悔自己的行为，而张红已死，再也无法弥补自己的过失，所以，他不能原谅自己。他多次想，如果当时劝张红去自首，而不是引来警察该多好啊！

二是回归心理。在丁隆的讲述中，张红漂亮、能干、心地善良又懂风情。丁隆从没说过她半句坏话。我不否认张红心地善良，但她毕竟是流落江湖的女骗子，难道真的这么完美吗？当一个人失去了一份不想失去的情感时，会将这段感情进行美化，那些不愉快的经历会渐渐淡忘，好的方面和愉快的事会逐渐突出，这是爱情中"回归"机制在起作用。

临床心理治疗是一把钥匙开一把锁。我治疗汤烨用的是"摘叶、断枝、刨根、培土"四步，而对丁隆的心理治疗，可以归纳为四种方法。

其一，心结疗法。

丁隆的问题在于不能原谅自己。不能正确地面对过去，就不能开启未来的新生活。

"你爱张红吗？"我对丁隆说。

"那当然。"丁隆回答。

"她爱你，是希望你好好地生活，而不是每天愁眉苦脸。"我见丁隆不说话，若有所思，知道自己的话起了一定作用，于是加了把火说，"张红走了，永远走了，但她把对生活的爱寄托于你身上。你的内心受到了谴责，就应该像她所期待的一样，高高兴兴地生活。唯有这样，你才能打开心结面对现实。"

其二，倾诉疗法。

"其实，你对我讲了你的故事，特别是大胆讲出了不太光彩的过往，这是不良情绪的释放，这是对的。但你做得还不够。"

"那我还要怎样做？"丁隆问。

"你要向你的妻子宋仪文坦白这一切，大胆地讲出这一切，请她理解与原谅。"

"这……这……"丁隆显然没有这方面的思想准备。解剖别人容易，解剖自己，说出不光彩的往昔，真是很难。

我对丁隆表示理解，但坚持我的观点。我告诉丁隆，妻子才是他最好的倾诉对象。大胆地讲出来，宣泄了不良情感，内心才会通达。

我反复劝导，说服了丁隆按我说的办。

三是认知疗法。

"在张红之前，你有过未婚妻，但对她并没有多少感情。从某种意义上说，张红才是你的初恋。一个人经历了生活的磨砺、情感的洗礼、人情的冷暖后，会更加怀念那段浪漫的初恋岁月。但对于现在的你来说，应该把这段美好的情感埋于心底，好好珍惜当前的生活，善待眼前的爱人，这是弥补错误的最好方法。"

四是升华疗法。

"一个男子汉大丈夫，应该拿得起放得下，不要太拘泥于情感的世界。自己以前做错了事，认错就行了，能弥补的就弥补，不能弥补的就当成永远的教训。丁隆，现在你要做的是确立新的人生目标，我认为有两个方面：其一事业上要多想想，自己在矿区怎样取得成功？其二，感情上多思考，怎样爱自己的枕边人来弥补曾经的错误，从而获得崭新的人生。"

到这里，丁隆的病算是理出了清晰的治疗对策，其中的细节不再详表。

MIND

CATCHER

第十章

变态的杀手——杀戮为乐动机难析

捕心者
心理医生见闻录

骄阳似火，热浪滚滚，一辆银白色轿车疾驰在通往矿区的公路上。这条路养护得不是很好，路面在大量负重车的反复辗压下，形成一些大大小小的坑。一般驾驶员在如此路况下通常会减速行驶，择路前行。但这辆银白色的轿车遇弯不减速，遇坑不择路，可见驾驶员的心态与众不同。

在这辆车后面大约十公里处，几辆警车拉着警笛，呼啸着向矿区飞奔。在城里，武警吹响了紧急集合哨子。

劫持人质

银白色轿车驶入矿区，"咔嚓"一脚刹车，停了。车上下来一个目光有些游离的中年男子。

他走向一个年轻女人，问道："请问这里办公楼在哪里？"

年轻女子是宋仪文，她反问："您找谁呀？"

"我找这里的负责人。"中年男子答。

"您找宋总吧？"

"嗯，对！"中年男子随口答。

"这里往前，右拐，过一个十字路口左转，那里有个小超市，再左转看见一栋六层的楼房，就到了。"宋仪文听说是找宋伟的，介绍得挺仔细。

第十章
变态的杀手——杀戮为乐动机难析

"这么复杂。美女,我第一次来,能否带个路?"

宋仪文正好有事要去办公楼,就爽快地答应,上了他的车。矿区的建筑没统一规划,所谓的街道弯弯拐拐的,好在中年男子技术好,一只手握住方向盘,就可以随心所欲地掌控车子。

矿区并不大,很快就到了办公楼,但中年男子没有停车的意思。宋仪文提醒了三次,他都假装没听见。看着他一张铁青的脸,宋仪文心生警惕想下车,但已经迟了,一来车速提快了,二来车门被锁了。宋仪文焦急起来,大声质问中年男子为什么不停车。这时,他的右手从腰间摸出一把匕首,顶在宋仪文左肋处。宋仪文感到匕首快要插进肉里,知道遇上了大麻烦,噤若寒蝉。

轿车沿着更加崎岖的山路,朝着森林的深处开去……宋仪文被劫持,成了人质。

公安、武警先后到了矿区。宋伟停下手中的工作,迅速了解情况:劫持宋仪文的中年男子叫万军,在此之前杀过人,是公安部重点通缉犯。从以往作案看,他杀人的目的不明确,也没有固定目标。

宋伟见侄女被绑,心急如焚地提出搜山。带队的公安局局长一口否定,这么大一座山,到处都是山洞,以目前这点力量,搜山无济于事,也许还会造成不必要的伤亡。

武警的车辆沿公路追踪,没追多久,见银白色的轿车被抛弃在公路旁,后面是深山密林。武警在附近搜索,一无所获,显然宋仪文被劫持到森林的更深处了。

拨打宋仪文的手机,开始时无人接,后来直接打不通了。所有人的心都吊了起来,宋伟更是急得来回踱步。

临时指挥部成立了,公安局局长任组长,宋伟也被召入其中。

刑警队赵队长对宋伟说:"你们这里不是有个心理医生吗?把她叫到临

171

时指挥部来。"

宋伟心里着急，口不择言地说："那心理医生是女的，派不上用场。"

赵队长说："犯罪嫌疑人万军是个变态杀人狂，做事毫无章法，不按常规行动。说不定谈判时，心理医生能发挥作用。"

宋伟听后觉得有点道理，马上通知我到临时指挥部集合，接着一直拨打宋仪文的电话，关机、关机，还是关机。

公安局局长望着茫茫森林，无可奈何。

了解过去

我来指挥部，赵队长给我讲了意图。我首先要做的，就是要了解万军的过去，特别是他的童年。

民警介绍，万军的童年很不幸，从小被母亲虐打。可能是他母亲精神有问题，打人不知轻重。有一次拿棍子打了万军脑部，造成万军住了两个月的医院。小时候，万军只有挨母亲打的份。到了少年时期，有了一定反抗能力，通常是母子对打。21岁的时候，在一次打斗中，他将母亲刺成重伤。经司法鉴定，万军系精神病人作案，被送到精神病医院强制治疗。十年后，万军病好出院，可是出院不久就人间蒸发，谁都不知他去了哪里。在他接受强制治疗期间，他母亲去世了。

两年前，华北某省出现一桩杀人案，犯罪嫌疑人手段极其残忍。调取现场监控分析，万军有重大嫌疑。后来，全国出现四起相似案件，被害人均被残忍杀害，犯罪嫌疑人手法相同且动机不明。此人既不抢财，也不劫色，好像单纯以杀人为乐。这些现象说明，万军的嫌疑最大。公安部的通缉令发到全国。矿区附近的城市发现了他的踪迹，在追捕中，他抢了一辆银白色轿车，朝矿区方向逃窜。

民警介绍完，赵队长接过话说："一个精神异常的人怎么就学会了开车，而且技术还不错？"

"这并不奇怪，有些变态杀人狂智商非常高。"我回答了赵队长的疑问后，问道，"万军的父亲呢？他家里还有什么人？"

民警说："据当地公安机关传来的资料，万军从小没有父亲，家里也没其他亲人。"

回忆理论

听完了介绍，我整理思绪，回忆相关知识。变态杀人狂也可称为淫乐杀人狂，绝大多数是男性。他们作案里，没有特定的攻击对象，心理需要时，可以对任何陌生人下手。他们作案的唯一动机，就是满足变态杀人或虐待人的欲望。他们的手段通常十分残忍。

有个专业术语是"良知功能障碍"。变态杀人狂此功能发育不完全，在杀人时没有内疚感和罪恶感，就像正常人打了一场羽毛球一样，只是一种动感的娱乐。

为什么大多数人都喜欢看恐怖片？因为在人的潜意识中有些阴暗的欲望，那就是喜欢做出格的事，或者寻求刺激。但良知功能正常的人，心中的道德可以阻止这些欲望变为现实，最多看看恐怖片也就罢了。但良知功能不正常的人，就会去杀人或者虐待人，来满足自己阴暗的欲望。

主动请缨

丁隆在外出差，听说宋仪文被劫持，连忙给宋伟打电话。宋伟只得说正在想办法。其实，他除了干着急也没什么办法。

正在大家一筹莫展时，赵队长叫了一声，说宋仪文的电话通了。局长忙说，反复拨，看接不接。

拨了两次，没接；第三次，接了。接电话的不是宋仪文而是话语冷酷的万军。他用嘲讽的口吻说："你们很着急吧？"

赵队长的手机开着免提，指挥部的人都能听见。局长拿过电话说："万军，你冷静一些，别乱来。只要不伤害人质，其他事都可以谈。"

"哈哈哈！"万军狂笑一阵后说，"我非常冷静，但她不冷静，你们听听她的声音。"

"救我，救我……"手机里传来宋仪文惊恐的叫声。

我能够想象到，在森林偏僻的角落里，宋仪文被反绑，嘴上贴着胶布；当胶布被撕开那一刻，她向我们发出了求救的哀号。

局长正要说话，对方挂了电话。指挥部一下安静下来。

"你们听见了什么？"过了十几秒，局长问。

赵队长的手机开的免提，大家都听得见，这不是明知故问吗？

沉寂，无人说话。

"除了犯罪嫌疑人和被劫持者，还有一种声音。这种声音很小，是背景声音。"局长提示道。

"对呀！好像是有。"赵队长回忆，思索着，"声音清脆，像是流水的声音。"

"宋总，这附近有瀑布或者落差较大的溪流吗？"局长略为点头，然后对宋伟说。

"采矿点附近我倒熟悉，肯定没有。至于林子深处……"宋伟摇了摇头。矿区后面是一片原始森林，延绵一百里，少有人进去。

"赶快去找一个熟悉林子的本地人来。"局长说。

宋伟拨打电话，立即安排下去。

第十章
变态的杀手——杀戮为乐动机难析

"如果犯罪嫌疑人再接电话,要想办法稳住他,争取时间。"局长接着说。

"如果电话再通,我和他谈一下。"我想都没想,就主动请缨。

"你是……"局长问。

"她叫秦海心,是矿区的心理医生。"赵队长答。

"心理医生!嗯,好吧。犯罪嫌疑人是精神变态。"局长同意了。

赵队长反复拨打电话,对方一直不接。过了一阵,也许是对方听烦了,直接关机。

当地人找来了,他的绰号叫"猴子",在森林边长大,经常进林子打猎。

"森林里没有瀑布,落差大的溪流倒是有的。但这段时间天气热,好多溪流断流。他们进去的时间不长,不可能走得太远。我想,能够听到水声的地方只有一处,就是断竹崖,离这里六七公里。"猴子说道。

众人看向局长,等待他的决策。这种事情不能犹豫,局长下决心道:"赵队长带两名刑警和四名武警组成突击组,由猴子带路,迅速到断竹崖,见机行事,最大限度保障人质安全。"

"局长,我也要参加突击组。"我又一次挺身而出。

"你?你去了也许能帮上忙,但几公里的山路,你跟得上吗?"局长有些举棋不定。

"放心吧。读书时我练过长跑,恰好今天穿的是运动鞋。"为了争取机会,我进一步说,"对方关机了,我留在指挥部也没什么意义。"

"好吧,一切小心!"局长同意了我的请战。

另一边,赵队长点兵点将完毕。四名武警中,有一名是神枪手,带着有瞄准镜的狙击步枪;还有一名卫生员,带着印有红十字的救护包。

车子开出矿区不到一公里就没路了,突击组下车,徒步行军。

山路比我想象中还要艰险，有的地方根本没有路，要扒开树枝前行。有些带刺的针状叶子，刺在我手臂上，火辣辣地痛。想到此行是争分夺秒救人，这点痛也顾不上了。

大学期间，我是在田径队练过长跑，但自打毕业就没再训练过。再加上天气炎热、无风，树林像个大蒸笼，我的上衣早被汗水湿透，喉咙干得有些发痛。下车时拿了一瓶矿泉水，没几口就喝完了。我有一种快要虚脱的感觉。这时我还能跟上队伍，靠的不是体力，而是意志。

现场处置

猴子说翻过前面那个小山冈，就是断竹崖。赵队长命令全体人员放慢步子，噤声前进。刚过小山冈，他叫我们隐蔽待命，自己在前面侦察，确认没敌情才招手让我们跟上。这时，我们隐约听到河水冲击石头的声音。再往前走几步，就看到一条小溪，不远处有十几米落差，河水才有些声音。

突然，赵队长手向后挥，示意我们注意。从他有些异样的背影，我知道他看到人了。

我好奇心强，看见前面遮蔽物较高，就连走带爬地来到赵队长身边。赵队长的手轻轻一指，我顺势看去，果然如我所猜，宋仪文被绑在树上，嘴中好像塞着毛巾。万军手握匕首，在她面前踱步。也许，他在思考用什么方式虐待宋仪文。距离较远，我看不清宋仪文的脸，但现场氛围让我能感受到她的惊恐。

赵队长悄悄在我耳朵边说："你正面走过去，想办法稳住万军，最好让他离宋仪文远点，为狙击手创造机会。当然，你和他也要保持一定距离，注意自身安全。"

这种情况下我没时间多想，正要执行命令时，赵队长一把拉住我说：

"等一下，等狙击手到位，其他人员包抄到有利位置，你才能出去。"

我佩服地看了赵队长一眼，不愧是老刑警，考虑问题非常周到。在短短的等候时间，我想好了要对万军说什么。

狙击手在赵队长旁边架好枪，调整瞄准镜。其余人员分成两组，按赵队长的吩咐，从左右两面包抄，前进到不会被万军发现的最佳位置埋伏下来。

赵队长对我点了一下头，示意我可以出去了。

我站了起来，理了理头发，用手轻轻擦拭额上的汗水，调整了一下呼吸，向万军走去。

也许是有些胆怯，我下意识地将脚步放得很轻，万军竟然没有发现。离他只有二十米了。不行，不能靠他太近。我假装偶遇此场景，故意"呀"的一声，然后做出很怕的样子。万军听到声音，迅速转过身看着我。他没想到这深山老林里竟会有人，望着我的眼神惊诧、阴毒、寒冷。

我无视万军，对被绑在树上的宋仪文说："宋仪文，是你呀，你怎么在这里？"

宋仪文拼命点头，由于嘴被毛巾塞着说不出话，只是喉咙在"嗯嗯"地叫。

我没同宋仪文继续交流，转头对万军说："她叫宋仪文，同你一样是一个人，是一个人啊！"

之所以这样说，是因我曾经看到过一个案例：在英国，一个女官员的女儿被变态杀手绑架，女官员在电视上接受采访，对杀手进行了一番自白；在自白中，她多次提到女儿的名字，多次说女儿与杀手一样，也是一个有情感的人。为什么这样说呢？从心理学的观点看，变态杀手作案时，把人当成了一只猪或一只狗，所以虐杀时不害怕，也没负罪感。多次说到被劫持者的名字，多次提到杀手也有感情，有助于唤起杀手那失落的良知。

这只是从理论上讲的，现实中结果怎样很难说。对于万军，我只有试试。

万军望着我，眼神还是那样冷酷。此刻我忘记了天气的炎热，只感到背后阵阵发凉。

"她叫宋仪文，同你一样，是个人，是个有血肉、有感情的人啊！"我重复着相同的内容。

万军没动，还是冰冷地看着我。我又将这句话重复了两遍。这时，万军向我走来，我感觉他的右手将匕首握得更紧了。我有些害怕，但不能跑。如果我一跑，他可能又掉头，加快对宋仪文的虐杀。他还在继续向前走。我急中生智地说："站住，别过来，我有话说。"我说话的同时，打手势示意他停下。

他本能地停下，站在我与宋仪文之间。

"我知道你叫万军，你有悲惨的童年，但这并不是你的错……"

"啪"的一声，枪响了，打断了我的话语。

万军应声而倒，鲜血汩汩地自他头上的窟窿往外涌。赵队长和其他人几步奔向前，用枪对着他的尸体。

在确认万军死亡后，赵队长走过来，拍了一下我的肩头说："任务完成得很好，没吓着吧？"

我没按赵队长的思路回答，而是吼道："为什么开枪？你应该让我试一下，试一下啊！"

赵队长丈二和尚摸不着头脑，愣了一下后问我："试什么？"

"试着说服他，主动放下武器，自首！"

"有用吗？万军杀了五个人，是铁的事实，就算他放下武器，等待他的还不是法律的严惩。现在把他解决了，节约了时间、精力和办公经费。"赵队长自认为有理，振振有词道。

"他是个病人。他杀人,也许是在不能自控的状态下杀的。他和宋仪文一样,是个人啊!"

赵队长叹了一口气,望了一眼有些不可理喻的我,忙别的事去了。也许他心里在说,你秦海心是个书呆子,一不留神就入戏太深。

后来的事情,就不用过多叙述了。

那晚,我很久才入睡。一个噩梦将我惊醒。可能是太累,后来又稀里糊涂地睡着了。第二天,只知道做了噩梦,但怎么也想不起梦中的内容。

这个杀手不杀人

一个中年妇女来到咨询室,第一句话就说:"我老公不正常,心理变态。"

我叫她别急,慢慢讲。

她说:"这两年来,我老公特别喜欢杀狗,而且手段十分残忍,不仅打碎骨头,还一刀一刀地割。"

她把那血腥场面描述了一遍,我听着都有点恶心。但作为心理医生要强作镇定。

我问:"你还记得他第一次杀狗的情形吗?"

她说:"原来家里有一条宠物狗,纯白色挺可爱的,我俩都喜欢。有一次他与我吵了架,将气撒在狗身上,飞起一脚将狗踢飞,然后跟上去狠狠地踩了几脚。狗死了,但老公还不解气,到厨房抓起菜刀向狗猛砍。"她说话时,配合着动作,而且动作还有些夸张。由此可见,她的个性外向、张扬和强悍。

我听出了大概头绪,但还不能急着下结论。我叫她继续讲,她老公后来如何杀狗。

"过了那次后老公就杀狗成瘾，矿区的野狗见一条灭一条，都被他杀得差不多了。"

"在我印象中，狗比人跑得快，不是那么好抓的。"

"我老公用绳子套、用笼子诱，有整套方法。"

"他每次杀狗都是当着你的面吗？"

"对啊！如我在外面，他还等着我回来，好像是故意做给我看的。"

我还了解了一些其他情况：他们有个女儿，一直随爷爷奶奶在城里读书，现考上大学，回家时间少。她老公杀狗，不会当着女儿的面。他们家在矿区边上，较为偏僻，再加上屋后有一个封闭的菜园，在那里杀狗并不妨碍别人。他们夫妻俩年轻时经常吵架，但这些年吵得少了，但交流更少，下班后基本上是各干各的。

了解到这里，我开始引导。我告诉她，从心理学的观点讲，人的任何行为背后都有动机。你老公杀狗，是因为他的内心有种需求，而且是一种带着罪恶感的需求。他要在杀狗行为中寻求解脱，获得快感，为这种需求找到情绪的出口。

"我知道，我老公很不正常。"

"不。你老公是正常的。其实，我们每个人都有些阴暗的心理，只是大多数人会对自己进行约束，而你老公需要爆发，需要将阴暗的心理呈现在你面前。"我接着引导，"如果你老公不正常，他就不是杀狗，而是杀人了。只杀狗不杀人，说明他具有一定的良知和道德感，只是心理上有些偏差需要纠正。"

"我有时觉得，我老公在我面前杀狗是在示威，是在杀鸡儆猴。"

"你的分析有一定道理。根据弗洛伊德的精神动力论，人类身体内部潜伏着一种破坏性的驱动力，当这种力量向外投放时，表现为破坏和攻击。当这种力量向内投放时，则表现为自我惩罚或自我毁灭。你们夫妻相处，当然也不能排除其他原因引发了你老公的内在驱动力，他不愿意向内投放又不愿意指向你，所以只能虐杀小狗来代替更坏的破坏行动。也许他觉得杀个小动物又没妨碍别人，跟屠夫杀猪没什么区别。这样既可以出气又没打破家庭的平衡，没什么不好呀。"

她略为思考，问："听你的意思，好像我老公的心理不健康是我的责任？"注意，她用的词不是变态，而是不健康，说明我的引导有些成果。

我说："我没问你们夫妻相处的太多细节，但我想你是有一定责任的。夫妻之间，除了生活上互相照顾，还要感情上互相慰藉，心灵上互相温暖。"

她沉默，我也沉默。

几分钟后，她说："秦医生，给我一些建议吧。"

我理了理思路，给她提了三点建议：

"第一，改变观念。你在我这里，第一句话便是你老公不正常，心理变态。可见你给他画了像。你应该认识到，因某种原因，你老公体内有一种破坏性冲动，但他这种冲动没指向你，也没指向其他人，而是用狗来发泄，总的来说，你公老是有良知的。你对你老公不应蔑视，应当尊重、体贴和爱。

"第二，引起重视。我们应当承认，反复虐杀动物确实是一种不健康的心理，如果任其发展，或因某种事强化了他内心的破坏驱动，就有可能成为杀人恶魔。很多的变态杀人犯初期，都有虐杀小动物的经历。

"第三，立即行动。建议你找老公好好谈一次心，先不说杀狗之事，而是主动检讨自己在夫妻相处时的不足之处，以心交心，将他的心里话引出来。当你知道他为什么有压力、为什么压抑、为什么要用杀狗来释放情绪时，你就拿到了解决问题的钥匙。具体怎么做，相信你是聪明人，一定能想到办法。"

这次咨询结束了，她没再来，不知问题解决没有。

其实，我们了解一些心理学知识，对自己，对他人，都是大有裨益。下一章，讲非正常人格。

MIND

CATCHER

第十一章

非正常人格——不是情商低而是心理异常

有这样的人，老是犯错误、顶撞上级、伤及无辜，即使受到严厉的惩罚也不长记性，过不了几天又犯了。也许，这种人患有反社会人格障碍的心理疾病。

有这样的人，智商高、文凭高、上进心强，但人际关系一团糟，不仅事业一事无成，而且家庭也搞不好。是他们的情商低吗？不完全是。那是什么原因呢？请看偏执型人格障碍。

有这样的人，喜欢听恭维话、高估自己、过于爱自己，不肯爱别人。他们的婚姻注定以失败收场。为何？请看自恋型人格障碍。

有这样的人，特别需要朋友，高调出入各种社交场合，说笑逗唱，插科打诨，表现力极强，渴望收到掌声、表扬或同情。否则，他们就没有安全感和存在感，就会浑身不舒服。欲知详情，请看表演型人格障碍。

反社会人格

刚到医院，楼虹对我说，宋伟打来电话，叫我到他办公室去一趟。我高兴地前往，在矿区待的时间长了，对宋伟还是有一定了解的，他不是那种没修养的暴发户，不会对手下小姑娘动手动脚。他叫我去，一般是有心理问题需要咨询或解决。

第十一章
非正常人格——不是情商低而是心理异常

果不其然，宋伟说起保卫部员工邹勇。这人是孤儿，从小浪迹社会，没上过学，好江湖义气。宋伟初到矿区急需人手，见他有一身蛮力就收留了下来。没过多久，附近小混混来矿区找事，宋伟不服，被打得头破血流。正在危急之际，邹勇提一根木棒跳出来，同这群人玩起了命。软的怕硬的，硬的怕横的，横的怕不要命的。对方八九个人被邹勇追得狼狈而逃，从此不敢来矿区捣乱。这次之后，邹勇当起了宋伟的兼职保镖。

随着公司走上正轨，再加上社会治安的好转，宋伟不再需要保镖了。本来矿区没有邹勇的岗位，宋伟为了照顾他，将他安排在保卫部领一份工资。可是这邹勇不争气，三天两头惹是生非，好像不与人打架手就痒。如果是小事，批评教育、扣点奖金，再加上宋伟在中间调和一下，也就过去了。而这次，邹勇闯了一个大祸，他把来矿区蹲点调研的副市长打了。这副市长是省城某学院矿产专业的教授，又是省政协委员，到市上挂职只是为了科研方便。

宋伟代表矿区多次道歉，副市长就是不松口，非要把邹勇开除才解气。他还对宋伟说，如果不开除：一是他走人；二是在省政协会上写提案，指出矿区治安差，严重影响当地经济发展。

宋伟知道开除邹勇只是一句话的事情。但他离开矿区很难再找到工作，毕竟跟了自己这么久，宋伟于心不忍呀！

宋伟讲出意图，让我想个办法，检查出邹勇患有某种心理疾病，这样找个台阶让领导息怒，将此事了结。

我眉头一皱，突然想到一个概念——无情型人格障碍。此病最大的特点是行为无计划性和高度的攻击性，这和邹勇的行为有几分相像。

我问宋伟："宋总，邹勇做事有计划吗？"

宋伟答："他有什么计划，做事从来不动脑，凭感觉干。"

基本特征符合了，我将自己的想法讲给宋伟听。

宋伟听后表示认可。

"你们医院出一个正式的鉴定报告，盖上公章，这样更有说服力。"说完，他便打电话给孙院长，安排此事。

从宋伟办公室出来，孙院长把我和王医生叫去，商量给邹勇出鉴定之事。

王医生说："这事我搞不大明白，以秦医生为主吧。"

我说："检测是否患有无情型人格障碍，最主要的方法是问卷调查，但邹勇不识字，不会填问卷表。以他的性格，要他动笔填表比杀了他还难。"

孙老大说："能否这样，你们俩一起，聊天式地向他提问，帮他勾问卷。"

我说："恐怕也只能如此了。"

我们对邹勇说，是宋总叫我们来看他。闲聊一会儿后，邹勇的戒备心降低，话匣子打开了，我们开始进入测试工作。

第一题：

我问邹勇："你在做事情前做计划吗？"

邹勇答："做什么鸟计划，一时兴起，想干什么就干什么。"

此题答案：有周密计划得0分，重要事情可能有计划得1分，从不做计划得2分。邹勇应得2分。

第二题：

我问："你看见受伤的小动物在痛苦挣扎，有感触没有？"

邹勇答："什么感触不感触的，关我屁事！"

此题答案：感触较大得0分，有些感触得1分，视而不见得2分。邹勇应得2分。

第三题：

我问："如果不被发现，你会欺骗同伴吗？"

邹勇答："我虽然是个大老粗，但我是个耿直人，从不说假话。"

此题答案：从不欺骗得0分，偶尔欺骗得1分，经常都在欺骗得2分。邹勇应得0分。

第四题：

我问："你为了目的是否可以不择手段，即使损害别人、利用别人也在所不惜？"

邹勇答："笑话！把我邹勇看扁了。"

此题答案：从不做损人利己的事情得0分，事情很重要会不择手段得1分，必须损人利己得2分。邹勇应得0分。

第五题：

我问："你是否喜欢被别人管？"

邹勇答："谁敢管我？吃我两拳头！嘿嘿，宋总除外。"

此题答案：合理的我就接受得0分，可能想反抗得1分，直接撕破脸走人得2分。经我和王医生商量，邹勇此题得1分。

第六题：

我问："你是否在朋友面前总是过度吹嘘自己的能力？"

邹勇答："吹什么吹，没想过。什么能力不能力，关我屁事。"

此题答案：不会吹嘘自己得0分，有时会这样得1分，常常会这样得2

分。综合邹勇的一贯表现，邹勇此题得1分。

第七题：

我问："你是否喜欢说服别人替你办事？"

邹勇答："说服别人做什么？不管大事小事，我自己就办了。"

此题答案：没有说服力得0分，只能说服个别人得1分，天生就没有说服力得2分。邹勇此题应得0分。

第八题：

我问："如果你被别人误解了，你会不会奋力反驳？"

邹勇答："那当然了！"

此题答案：一般不会得0分，大多数时候会得1分，一定会反驳得2分。邹勇应得2分。

第九题：

我问："走路时被别人撞了一下，你会不会感到愤怒？"

邹勇答："谁敢撞我？要是遇见我心情不好，给他两碰子（方言，拳头之意）。"

此题答案：只要撞得不疼就不在意得0分，对方及时道歉就没事得1分，不管什么情况下都会愤怒得2分。此题邹勇应得2分。

第十题：

我问："你能不能忍受朋友经常借你的东西？"

邹勇答："我的东西都是哥们弟兄们的，关系好了，裤子换着穿都可以。"

此题答案：可以忍受得0分，可以相互借用得1分，不能忍受得2分。邹勇应得0分。

测试标准：
5分以下，没有无情型人格障碍。
6-10分，轻度无情型人格障碍。
11-15分，中度无情型人格障碍。
16-20分，重度无情型人格障碍。

测试结果：邹勇得十分，是轻度接近中度无情型人格障碍患者。

看了这个测试结果，我心里高兴，如果邹勇一切正常，要我说假话，对于我来讲还是挺难的。

宋伟听了我们的汇报，笑呵呵地说："看来邹勇兄弟真有病，我相信领导不会同一个病人计较。秦医生，你准备一下，等会儿和我一起向领导解释。"

副市长余气未消，对邹勇患有精神疾病的结论将信将疑。

宋伟向我使了个眼色，我向副市长介绍了检测情况。当然，在尊重事实的基础上，我也有添盐加醋，这样使他更好地接受我们的结论。

副市长瞅了我几眼说："这位医生，请你讲讲什么叫无情型人格障碍，它有什么特征，得此病的原因是什么？"

显然，副市长是在考我的专业知识，好在我有所准备，娓娓道来：

"无情型人格障碍又称反社会型人格障碍，对社会影响极为严重，是精神病学家最为重视的心理疾病之一。

"此病的特征有四个：其一，幼年顽劣。比如学习成绩不佳、逃学、饮酒、说谎、打架、偷盗、离家出走等。其二，高度攻击性。患有此病的人情感肤浅而冷酷，脾气暴躁，自我控制能力差，爱惹是生非，攻击别人。其三，无羞愧感，不能吸取教训。其四，行为无计划，受偶然动机、情绪驱使，没有预谋。

"得此病的原因还没完全了解清楚，可能与遗传因素、大脑发育、家庭环境有关。"

我的讲解过程中，副市长微微颔首，从表情上看，对我所讲是认可的。宋伟见状，脸上的肌肉也松弛不少。

我讲完后，宋伟问："副市长，你看这事……"

副市长慢悠悠地说："既然邹勇精神有问题，这次就算了吧，不用开除，也不用处理了。"

"谢谢市长！谢谢市长！"宋伟脸上露出笑容。

"我有不同意见。"我及时插话，"虽然市长高抬贵手放了邹勇一马，但如果不处理，他就没得到教训，下次还会犯。我认为，对于邹勇，要采取惩戒与治疗相结合的方法。"

"医生说得对。"副市长赞成我的观点。

宋伟要我谈谈治疗方案，我讲了四点：

"其一，采取厌恶疗法。邹勇这次犯了错误，要采取扣工资、勒令停职反省等方式，对他进行强制性惩罚，使其产生痛苦的体验，避免再犯。

"其二，采取心理疗法。我建议从明天开始，医院的领导和相关医生都能找邹勇谈心，鼓励他树立信心，改造自己的性格。

"其三，采取帮助疗法。在此期间，宋总以领导的身份，从关爱的角度找他谈话。其他与邹勇关系较好的人员，从朋友的角度也找他谈谈，指出他的行为对矿区的危害，提高他的责任感，让他明白什么可以做，什么不可以做，从而增强自控能力。

"其四，采取认错疗法。以上三个疗法进行完后，要邹勇向市长认错，负荆请罪，保证今后不再犯类似问题。如这点他不肯做，治疗就没达到效果，就继续待岗，继续停发工资，继续帮助教育。"

一场公关危机，在我的参与下得到化解。

顺便说一下，邹勇经过治疗，再没犯过什么大错。

偏执型人格

他到咨询室自我介绍，他叫"五无剩男"。

当心理医生时间长了，怪人怪事见得不少。我没吃惊而是微笑着，请他解释一下什么叫"五无剩男"？

"五无，是指无车、无房、无妻、无子、无工作。"也许他在自嘲，想说幽默点，"我今年35岁了，还在过双十一，所以叫剩男。"

"35岁算什么，昨天我遇到一个'齐天大圣（剩）'，人家还不急呢。"我说道。

"齐天大圣？"他有些不解。

"三十几岁还叫剩男剩女，如过了四十就叫'齐天大圣（剩）'了。"

"对啊！时光如梭，我离'齐天大圣（剩）'也近了。"他感叹。

我提醒他："你来找我，不会是来闲聊吧？时光如梭，每分钟都要算咨询费，该说正事了。"我这人，虽然要挣钱，但总体来说是善良的。

他开始诉说他的烦恼。他口才好，我听起来不费力。

他并不认为自己存在心理疾病，来咨询的目的，是因为性格。他觉得自己性格独立要强，以致带来了烦恼。

从小到大，他的学习成绩都非常好。他喜欢体育，是乒乓球校队的。

更为叫绝的是，他有艺术天赋，美术老师对他说，你如果考普通大学，世上就会少一个画家。于是，他报考了省美术学院。

他渐渐觉得同学们用异样的眼光来看他，思来想去，认为这些人是在嫉妒自己的才能。

有了这种认识后，他与同学的交流渐渐少了，显得有些不合群，同时发现同学们开始躲避自己。他认为这些人的才能与自己没法比，不是一个层次的，所以不敢接近自己。

大三的时候，他的一幅美术作品在全国大学生比赛中获奖，于是信心爆棚，认为自己的能力不是一般的强，甚至连老师都不及自己。有时上课，他会因思路不同于老师而发生争执。他不听老师的，觉得老师的教学方法限制了自己的艺术潜力。

他发觉同学，甚至老师都在背后议论他，对他指指点点。有一次他走过去问："你们这样背后诽谤我，是否在嫉妒我的才能？"众人皆否定。但他不信，这些人肯定说了自己的坏话。

他的交际圈越来越小，最后基本上是一个人独处。但他对别人的怀疑没有减少，反而更加敏感多疑。

大学期间，他没有正式谈恋爱，但不是没机会，有个女孩很欣赏他的才华，有意接近。但他认为，这个女孩与背后议论自己的同学也有来往，于是果断拒绝。

毕业后，他南下广州在一家动漫公司任职。他工作非常努力，对自己的要求可以用严苛来形容。有一次，主管说作品已经不错了，可以上报。他却说不行，还要修改，至少还要修改两遍。主管说没时间了，他说自己加班；主管说他迂腐，他说主管没敬业精神。两人吵了架，不欢而散。

除了主管，他同经理之类的管理层关系也不好。他认为自己能做事情，是实力派，凭能力吃饭，懒得去溜须拍马，依然我行我素。

第十一章
非正常人格——不是情商低而是心理异常

在广州期间,他恋爱了。女孩是他同乡,一个灵巧秀丽的四川姑娘。同居不久,女孩提出结婚。他说没房没车,条件不成熟。女孩说,她不在乎,两人结婚后再去慢慢创造。他不同意。拖了一年后,女孩再次提出结婚。他说,他是一个负责任的人,一定要给未来的儿子一个好的环境,现在条件仍不具备,等等吧。

时间在不经意中流逝,两人谈了四五年恋爱,其间还两次分手,有些筋疲力尽的感觉。

那年春节,女孩一人回四川,偷偷相了一次亲。回广州后,女孩对他坦白了,并说:"经过比较,还是你好。"女孩本想讨他的欢心,但他听后有种吃了苍蝇的感觉。这次,他主动提出分手,而且态度坚决。女孩思考良久,走了,并断绝了与他的一切联系。

俗话说,福不双至,祸不单行。公司进行机构调整,他本是广州总公司的,这次要他到东莞分公司去当一名普通设计员。为什么要调走我?这不是明摆着整我吗?这不是嫉贤妒能吗?此处不留人,自有留人处,他屁股一拍,辞职了。

找工作不顺,他认为自己能力还不够。于是,他回到母校读研究生。

有了工作经验,他看老师更不顺眼了,认为老师教的很多都是错的。他时常以探讨为名,挑老师的刺。

带研究生的老师都是教授级别的,学术权威岂容你一个小毛头挑战。有时,他与老师们争得面红耳赤。他不认为是自己有错,而认为这是自己有思想、有主见的表现。

老师们放出话来,说要让这个不知天高地厚的小子吃吃苦头,让他毕不了业。他不服气,认真学习,再加上有一定天赋,最终磕磕绊绊拿到了研究生文凭。

文凭高并不代表工作好找。几个月后,他高不成低不就,跑了几个城市，工作还是没落实。出路在哪里？经过思考，他横下一条心——读博。但连考三年，均没考上。

三十五岁了，一事无成。他的家庭条件很一般，父母年老体弱也需要照顾。他很迷茫。但又找不到人倾诉，于是便找到了我。

听完他的讲述，我开始补充提问。

他出生在一个普通家庭，经济条件虽不怎么样，但成长环境还算轻松快乐。

我问他："在你的记忆中，父母是否吵过架呢？"

他想了想说，小学一年级的时候，他们吵过一次，是什么原因导致吵架他不清楚，只记得那次吵得厉害，而且愈演愈烈，最后父母对骂起来，有些肮脏粗俗的话语他现在都还记得。他被父母的举动吓坏了，在一旁大哭起来，但父母继续吵闹并没有理会他。后来他自己哭累了，止住了眼泪。

他自己分析，这次事件印象虽深，但并没对他心灵造成多大伤害。只是这次事件后，他尽量努力学习，不想让父母为自己操心，因为他害怕父母再吵架。而父母从这次后，只是偶尔顶几下嘴，没大吵了。

我听出一点眉目，引导他说："我认为，这次你父母吵架，在你心灵深处留下了深深的印痕，使你形成了自我严苛的性格。"

"自我严苛？"他重复我话语中的关键词。

我拓展思路解释："自我严苛，就是对自己要求极高。有的人在现实生活中，可能因某种缺陷达不到要求，而自己又不承认自己存在缺陷。"

我这样一讲，他沉默了。

沉默就对了，说明我的话引起了他的思考，就像打蛇抓到了七寸。在我的印象中，他的智商并不低，他缺少的是一面镜子，一面看清自己的镜子。

过了一会儿，他才缓缓地说："也许我的性格是存在问题。"

"不，不仅是性格的问题。准确表达，是你的心理有问题。"

"心理有问题？"他好像一时接受不了。

"是的。你心理有问题。"我一针见血地指出，"据我初步判断，你患了偏执型人格障碍的心理疾病。"

他不说话等待我进一步解释。

我说："偏执型人格障碍，是指大脑被某种错误观点占据，并不断合理化，最后使自己陷入一种狭隘的想法和行动中无法自拔。"

我继续说："这种心理疾病有以下特点，你对照一下：一是极度敏感，二是不信任别人，三是思想固执，四是处事不灵活，五是过高要求自己，六是与家人、朋友难以和谐相处。"

他仍不说话，表情有些痛苦。我知道，他内心在挣扎。大多数人要承认自己有心理疾病，都是一件困难的事，偏执型人格障碍者尤甚。

我继续攻心："你我无冤无仇，我不可能乱说一通来诽谤你。我作为心理医生，是希望你勇敢面对心理缺陷，尽快进行治疗，从而获得崭新的人生。"

过一阵子后，他说："秦医生，我的病重不重，需要服药吗？"

见心理疏导进展顺利，我开心地说："恭喜你！你承认自己有病，这就是治疗的开始。我想对你说，你的病不重，不需要服药，仅通过心理治疗就可以康复。"

我对他讲了四点。

第一，加强学习。我建议他买一些心理学方面的书籍，全面了解偏执型人格障碍的性质、特点、危害、治疗方法等内容。

第二，自我暗示。时刻检讨自己是否处于"敌对心理"的旋涡中，如是，赶快调整，暗示自己，世界很美好、很友善。在工作和生活中遇到困难时，要多一些正面思维，学会忍受和谦让。

第四，帮助别人。赠人玫瑰，手留余香。打开心灵之窗，主动帮助别人，主动寻找信任与友谊，这样的话，就能在不知不觉中消除偏执观念。

我最后说："治疗偏执型人格障碍的方法还有许多，我说这四点是抛砖引玉，我相信你是一个聪明人，你在了解这个病的特点后，一定会找到适合自己的纠偏方法。"

他点点头。

我说："咱们击个掌，加油！"

表演加边缘

我们医院有个传统，不管是有人来还是有人走，都要在一起聚餐。楼虹来通知，今晚为一个新到的护士接风。

医院小、人少，全体医护人员加上清洁工两桌就够了。人到齐了，孙院长说话，今天的主题是欢迎新同事小熊。我一看坐在孙院长身边的女孩，二十三四岁的年纪，脸大、发长，五官倒算端正，只是有些青春痘。

孙院长话音刚落，小熊一下站起来，满脸喜悦，用亢奋的语气说："各位哥哥姐姐，请允许小女子自我介绍。我姓熊，不是英雄的雄，而是狗熊的熊；我名叫德佳，道德的德，佳人的佳。我们陕西话说快了，外地人听起来就成了'熊戴花'，你们想到熊戴一朵花，就记住我了。"

我心想，这女子挺大方，自我介绍虽有些自嘲，但还算有特色。

按常理，她自我介绍完了，说一句请大家多多关照之类的就该坐下。但"熊戴花"并没有坐下的意思，而是接着说："在家靠父母，出门靠朋友，小女子初来乍到，还靠各位哥哥姐姐多多指导。"说这话时，她配合以肢体语言力求传神，最后还模仿古代女子行礼，且暧昧地看了孙院长一眼。孙院长本就好色，这时更被挑逗得心神荡漾，激动得连声称赞。那副唾液横飞的样子，看得我胃口减了一半。

我觉得熊戴花举止轻浮，心里有些反感。哪知道这还只是她的一个开场白。她自我介绍完，在孙老大的倡议下大家举杯然后开始吃菜。熊戴花一口菜没吃，又站了起来说："小女子医护业务一般，但从小爱唱会跳，我先来一段秦腔，给孙院长及各位同事助助兴。"

她离开座位，围绕着饭桌边走边唱。在唱的同时，她腰在扭，手在抖，眉目也在传神。也许她真有些表演天赋，一曲唱完，刚好回到原位。唱最后一句时，还与身边的孙老大互动起来。孙老大笑得嘴合不拢，带头鼓掌。为了不显另类，我也象征性地拍了几下手。

接风酒会下一个环节，就是熊戴花由孙院长带着，向同事们一个一个地敬酒。她的语言真丰富，对每个人都有一番不同的说辞。

终于轮到我了。当熊戴花听说我是心理医生时，她的嘴张成"O"形，故作惊讶地说："秦医生，我最最尊敬的心理医生，我对你的仰慕，如滔滔江水延绵不绝……"

我将她应付过去后，脑中突然跳出一个心理学名词——表演型人格障碍。

表演型人格障碍有四个特点：一是表现欲望强，表情夸张，喜欢惹人注意；二是情绪易受他人影响，易感情用事；三是喜欢出入各种社交场合，并十分在意别人的评价；四是有幻想情节，喜欢以捉弄别人为乐。

熊戴花刚上班那几天，唱唱跳跳，为医院增添了不少乐趣。可惜好景不长，不到个半月她的尾巴就露出来了。她的性情极不稳定，一会儿高兴得手舞足蹈；一会儿为一个非常小的事而哭泣。不知为什么，她与谁都搞不好关系，前天与张医生吵，昨天与王护士闹，今天差点跟楼虹打架。楼虹我比较了解，性格温和，一般不会与人发生矛盾。

医院的同事也在议论，有人说熊戴花脑子有问题；有人说她有关系，是某领导打的招呼；还有人神神秘秘地说她与孙院长有了暧昧关系。我想起自己刚来时，他也对我有非分之想，现在对熊戴花动动心思，倒也符合逻辑。

孙院长占了熊戴花的便宜，霉运也就来了。熊戴花每天都有麻烦要他处理，与同事纠纷、与病人争执、工作中出差错，等等。要是处理结果符合她的心意，她马上阴转晴，笑唱着离开；稍有不顺心就又哭又闹，还说孙院长胳膊肘朝外拐。

这就是好色的代价。

没想到一个月后，孙院长拉着一张沮丧的脸来求我帮忙。他向我坦白，自己与熊戴花的关系。我说这是你的私事，我不关心。

孙院长开始向我诉苦："秦医生，她给我惹麻烦，我都能忍，但给我戴绿帽子，我就受不了了。她来的时间不长，就与矿区的好几个男人眉来眼去。和你说实话吧，这熊戴花弄得我很被动，还不能轻易将她开除了，一来她有些关系，二来我与她……唉，现在真后悔。"

活该！我心里说。

孙院长接着说："医院有人说熊戴花有神经病，你觉得呢？"

我没说话。

孙院长说："不能再这样下去。我想请你判断一下，她神经究竟有没有问题，我好做决定。"

对孙院长做什么样的决定我不感兴趣，但对于专业知识，我愿意探讨。我说："从她的一贯表现看，她存在两个问题。一是她可能患有表演型人格障碍。"我把表演型人格障碍的特征说了。孙院长听得连连点头，然后急忙问第二个问题是什么？

我说:"在人格中,越接近中心越稳定,越接近边缘越不稳定。你不觉得熊戴花的情绪极不稳定吗?所以,我怀疑她患有边缘性人格障碍。有此心理疾患的人,最大的特点就是一个乱字,比如情绪乱、人际关系乱、性关系乱。这种心理疾病如不治疗,时间长了可能发展为精神分裂症,不排除今后有自残或自杀行为。"

孙老大问:"她能治好吗?"

我反问:"你治好的标准是什么?"

"不找我闹了,不给我惹麻烦。"孙老大说。

我说:"她有两种人格障碍,治疗要难一些,可能要多花些时间。具体方案让我想想,过几天告诉你。"

我并非搪塞孙老大,边缘性人格障碍主要是认知上出了问题,在主观上认为自己被边缘化;表演型人格障碍,主要是人生态度不成熟,太任性,太虚荣,以至于控制不好自己。对这两种疾病的治疗,都需要付出关心与耐心,需要慢慢疏通心结。

晚上,我正在寝室看人格障碍的相关书籍。楼虹问我在忙什么?我说我在思考熊戴花的问题。楼虹说:"你不用思考了,今天下午熊戴花找孙老大大闹一场,还把他的脸抓伤了。这事闹得很大,宋总知道后说把他俩全开除,明天就叫他们走人。"

"哦……"我合上书,若有所思。

我想起佛家的一句话——万事万物皆因果。

人格障碍就写到这里。下一章,讲强迫症的相关问题。

MIND
CATCHER

第十二章

身心失控了——五花八门的强迫症

"秦医生好。"一个衣着光鲜的男子推开咨询室的门进来，向我问好。我示意他坐下。我还没开口，他就说："我在网上看到你们医院的介绍，得知你是国家二级心理咨询师。"

他吞吞吐吐地说："我本来想找个一级心理咨询师，但把网都翻遍了，就是找不到。秦医生，考国家一级心理咨询师应该很难吧？"

我笑着回答："你肯定找不到。因为在我国，最高的就是二级心理咨询师，没有一级。"

"哦！是这样呀。"他好像轻松了许多说，"那我就放心了。"

"为什么要找水平最高的呢？"我故意问他，看他如何回答。从他的回答里，我可以作一些简单的判断。

他答："我这人，做事力求做到最好，求医问药，当然也要找最好的医生了。"

完美主义者。我脑海里闪出这个概念。我对这样的人并不喜欢，因为追求完美的人最易出心理问题。但我是医生，喜不喜欢是回事，治病救人又是另一回事，我叫他讲症状。

他自我介绍，他叫徐涛，今年三十，未婚，在一家IT公司上班。

他从有记忆开始，父母要求就非常严格，甚至到了尽善尽美的地步：东西用后必须放回原位，并且摆放整齐，力求和原来一模一样。上衣折叠，统一样式。裤子挂在衣橱里，每条裤子间隔三厘米，为精确无误甚至拿尺子去量。还有衣架向内，不能挂反。开学领新书，必须拿书套包好，按从大到小的顺序放进书包。每次做完作业，都要对书本和作业本进行清整，防止出现一点折皱。他做作业时，十分在意卷面整洁，如果一不小心留下污迹就会毫不犹豫地将本页撕下来重做。虽然做作业花的时间比别人长，但他这种严苛的态度，多次受到老师的表扬，使他进一步认为这是对的。

长大后参加工作，他每天都会将领带打得一丝不苟，把皮鞋擦得光亮如镜。在出门之前，他还会照镜子，看脸是否洗干净、胡须是否剃了。

由于在外地工作，他一个人租房住。每逢周末，他都要花一天的时间来进行大扫除：要把所有的家具从墙边挪开，擦拭后面的灰尘。房间里的物品都要认真清理，力求干干净净，最好是闪闪发亮。在东西摆放上，他与小时候一样，要做到不偏不倚。

他还有一个奇怪的动作，就是每天睡觉前，必须把鞋子摆成丁字形，不然就不能入睡。这是从小养成的习惯，因为他觉得不这样做，就会大祸临头。

长大后，他知道自己有些不正常，有点像别人所说的洁癖。他想克服，但做不到。

后来不知什么原因，他又有新的症状了：上楼梯时必须先迈右脚，而且要走双数。看到路口的广告牌，必须一字不差、准确无误地念出来，即使在高速路上开车也会这样。有一次，因念一个较长的广告，险些出车祸。

这些举动影响了他的生活，使他很烦恼。

我说："从你讲的症状分析，你可能患有强迫症。"

徐涛说："强迫症我知道，就是反复检查门，反复检查自己是否带钥匙，这种症状许多人都有。"

我说："对的。大多数人都会有强迫行为，但程度较轻的不影响工作和生活，就不用治疗。"

徐涛要我简单介绍强迫症的知识。

我说："强迫症分为强迫思维和强迫行为。有强迫思维的人，通常有强迫行为，比如一个人思维上总认为自己手上有污垢，行为上就表现为反复洗手。但有些人只有强迫思维，没有强迫行为。"

徐涛说："我以前有个同事患有轻度的精神分裂症，他也有强迫行为，就是每工作一个小时，就要停下来念两分钟咒语。我的强迫行为与他有何区别？"

我解释说："精神分裂症患者最大的特点是丧失自知能力。比如你那个同事，他认为不念咒语就会有灾难性后果，他认为这是真的。而强迫症患者也有念咒语的，但他们知道自己的举动是有问题的，只是克服不了罢了。并且精神分裂症患者通常不会主动求医，而强迫症患者则相反。"

徐涛问："强迫症能治好吗？"

我坚定地回答："能。只要你配合医生，就会治好。"

徐涛马上要我给他治疗。我说："别急，严格说来，强迫症属于焦虑症的一种，太心急了，可能会加重病情。"

"治疗心理疾病，三分靠医生，七分靠自己。你有知识有文化，又善于分析比较，这样的患者治疗起来应当不难。"我这样说，是为了增强患者的自信心。

接着，我进一步与他探讨，分析出他生病的三个主要原因。

一是遗传因素。如果父母是强迫症患者，孩子的患病率大约为7%。据徐涛讲，他父母特别爱干净，家里收拾得一尘不染，有洁癖嫌疑。

二是教育因素。幼儿多动，把家里弄得乱七八糟很正常。如果在此阶段，父母反复指令幼儿把家里收拾得井井有条，时间长了他就会形成习惯。也许有些家长会说这是个好习惯。但万事皆有度，过度了，好事会变成坏事。小孩长大后，在没有收到指令的情况下，也会强迫自己反复收拾房间，这就是强迫症了。

三是性格因素。徐涛的性格拘谨、细心，力求十全十美，过度在乎别人评价，这是比较典型的强迫型人格。此类人通常固执倔强、墨守成规、宁折不弯，当遇到社会因素或精神打击时易诱发强迫症。

我对徐涛讲："对强迫症的临床治疗有三种方法，即物理治疗、药物治疗和心理治疗。强迫症是脑内神经递质失衡，需要药物修补。如焦虑过度，还要吃一些抗焦虑的药。我们医院的王医生是学这个专业的，你可以去她那里开些药。对于你来说，心理疗法是重点。这样，你先去拿药，我想想具体的治疗方案。"

徐涛拿药回来，我交给他一个治疗锦囊。他一看，上面写着四个字：知、乱、脏、痛。

徐涛看了一分钟，摇摇头，要我进一步解释。

我微笑说："知，就是认知，你要明确其危害，寻找适合自己的治疗方法。乱，就是有意识地将自己的房间弄得乱糟糟，并忍着不去收拾。你不是每天睡前都要把鞋子摆成丁字形吗？从今天起把丁字摆歪一点，明天再歪一点，几天后丁字就不存在了。你故意将鞋子乱摆，看是否做得到。脏，意思是说，故意把你的手或者是皮鞋弄脏，并忍着不去洗。在训练时，先时间短点，然后再逐步增加时间。痛，就是在手上套根橡皮筋，如忍不住想去收拾或洗涤时，就猛弹自己。这样让自己知道，过分爱整洁会受到惩罚。"

徐涛问："我上楼梯必须先走右脚，以及必须念广告牌等行为，也用这几个字去克服？"

我做了个OK的手势说："万变不离其宗，有些方法要自己找。"

徐涛要了我的QQ号。几个月后，他告诉我："按照你的治疗锦囊执行，再加上吃了王医生开的药，现在强迫行为基本消失。强迫思维还存在，但比较微弱了。所以现在还没断药，估计再过几个月就能痊愈。

我恭喜他后强调："你现在症状虽然被控制了，但不能掉以轻心，如观念上不彻底改变，遇到某种强烈刺激时，仍有可能复发。"

徐涛说："秦医生，你放心吧！经过心理疏导，我现在对什么事情都看得开，不再要求完美了。"

我说："那很好，我为你感到高兴。"

洗澡停不下来

她是城市白领，开车来到矿区咨询，是因为所谈的问题与性有关，她怕熟人知道。

她刚结婚不久，可是婚姻并没给她带来预想中的幸福。反而因性生活问题，陷入了无限的焦虑与烦恼之中。

与丈夫同房后，她觉得身上太脏就立即去洗澡，而且每次洗澡的时间越来越长。刚开始，每次大概洗二十分钟，后来是半个小时。现在，每次洗澡低于一小时，她就觉得特别别扭。在洗澡时，她既要用沐浴露，又要用香皂，一遍又一遍地涂抹、搓揉，直到弄得自己皮肤发红，仍不肯罢手。

她知道洗澡停不下来是不正常的，也想了些办法，比如把手机带进去，设半个小时的闹钟。但没用，时间到了根本停不下来。

我插话问："如果你不过夫妻生活去洗澡，要用多长时间？"

她回答："那正常，大概十到十五分钟。"

我示意她继续讲下去。

由于洗澡停不下来，她害怕与丈夫过性生活。小两口刚结婚，丈夫身强力壮，需求特别强烈，弄得她很焦虑。有时，她以加班、出差为名躲丈夫。前几天，她说到外地出差，其实是去闺密那里过夜。丈夫发现她撒谎，要她解释。她解释不清楚，夫妻关系受到影响。别无他法时，她才想到找心理医生。

我问："既然影响了夫妻关系，为什么不把你的焦虑告诉丈夫？"

她答："我不对他说，是怕伤了他的自尊心。因为我觉得男人很脏。准确地说，是精液很脏，弄在我身上，使我浑身不自在。"

病情基本清楚了，她患有某方面的强迫症。前面讲到，强迫症通常包括强迫思维和强迫行为。她的强迫思维是觉得男人的精液很脏，强迫行为是长时间洗澡。夫妻同房后，洗个澡很正常，但她有些过了，要洗一个小时，以至影响了生活。

我还要了解一些情况，才能对她进行引导。

我笑着问："结婚后就觉得男人脏了，那结婚之前呢，有没有这种感觉？"

她回答："我这人挺传统的，没办结婚证之前，坚决不与他同居。"

我又问："你们谈恋爱期间不亲热吗？"

她回答："拥抱接吻之类的，我觉得没什么。就算他出点汗水，我也勉强能接受。但是精液黏糊糊的，想起来就恶心。"

我问她还有没有什么需要对我讲的。她说没有了。那天来咨询的人多，外面好几个病人等着。我简单给她讲了性观念、性心理以及强迫症等问题，就教她"弹皮筋"技术。

第一次咨询结束了。

两个星期后，她又来了。她说按我的指导，弹了自己两个星期，手腕都弹肿了，但问题仍没解决，同房后洗澡仍停不下来。她老公发现后很心疼，说就算不过性生活，也不愿她这样折磨自己。老公对她好，她更焦虑，更想把病治好。

我叫她别急，说今天来咨询的病人不多，可以多花些时间为她治疗。

我决定采用精神分析法，针对她对精液产生肮脏感的原因进行分析，从而帮她理清思想脉络。

我与她聊家庭。她是家中的独生女，父母都是老实人，一辈子胆小怕事，善于忍耐。她内向拘谨，上进心强，读书用功，顺利考上了重点大学。参加工作后，她努力肯干，没过多久就被提拔为中层，可谓顺风顺水。

我问她："你觉得你性格中有没有什么缺点？"

她说："我为人过于谨慎，遇到稍大一点的事就会反复思考。在工作中，过于在乎别人的看法。在可左可右的问题上，宁愿委屈自己也要让别人高兴。"

我说："其实你讲的既是缺点，又是优点。正因为你谨慎，才不易做错事。正因为你委曲求全，才有良好的人际关系，在单位发展才顺利。但我必须指出，你这种性格，是诱发强迫症的火药桶，只要一个火花，就能把强迫症引爆。我们现在要寻找的是火花在哪里，你好好想想。"

我的谈话触动了她。她回忆起一件早已淡忘的事。

她学习成绩好，初中毕业后考上了省城的重点高中。那时，她所在的城市到省城交通不便，常坐夜班卧铺汽车回家。高一夏天，有一次天很热，她穿短裙回家。她到车站晚了，买到了最后一张票。卧铺汽车最后一排是四个铺位，中间没有任何间隔。她睡在靠左边窗户的位子上，旁边是一个秃顶的中年男人。到了半夜，她睡着了。清晨醒来，见旁边的秃顶男人已下车。继而，她感到膝盖上方有些凉幽幽的，像水，用手一摸黏黏的。高中生了，毕竟懂一些生理知识。她觉得自己的腿很脏，继而觉得手也很脏，然后感觉全身都脏，脏透了！她拿纸巾去擦，拼命去擦，却怎么也不能完全擦掉。

我问:"这件事情你老公知道吗?"

她说:"他不知道。你不引导我想,我都忘记了。我觉得遗忘这种事情,对自己有好处。"

我说:"你记忆中好像忘记了,但在潜意识中'脏'的意识得到了强化,形成了习惯,成了强迫症。"

"可能是吧!"她在认同我这种说法后问,"强迫症能治好吗?"

"你的症状不算特别重,不用吃药,心理治疗即可。"

我对她讲了三种疗法。

"第一,暴露疗法。你得强迫症的'导火绳'找到了,就是那秃顶男人在你熟睡时把精液弄在了你腿上。这段经历,你应对三个人暴露,一个是我——心理医生;另一个是你老公,让他知道这件事,相信他会理解的;还有一个是你自己,你不能一味遗忘,要勇敢去面对,那不是你的错,你不能为那秃顶臭流氓错失一生的幸福。

"第二,根源疗法。你为什么会得强迫症?因为你是一个完美主义者,对自己要求非常严苛。你被那个秃顶男人猥亵了,就认为自己不够完美,当男人的精液触动时,就认为自己很脏,所以拼命地洗。其实你够纯洁了。试问今天,婚前没有性行为的能有几人?完美主义是得强迫症的土壤,只有你从根源上改变土壤,强迫症才不会生根发芽。

"第三,森田疗法。这是一个专业性较强的心理学名词。说简单一点,它是一种讲求顺其自然的心理治疗方法。顺其自然,就是你的注意力不要集中在怕精液、怕性生活、怕洗澡上。因为注意力越集中,情感就越加强,焦虑感就越重。你该工作时工作,该旅游时旅游,少去想这件事。情感逐渐麻木迟钝后,焦虑感就会有所下降。你不要去躲,不要刻意逃避。你与老公是新婚夫妻,在相互理解的情况下,还是应该过性生活。刚开始时,脏的感觉依然存在,会让你感到痛苦,但你要学会痛并生活着。

"如果能够做到这三点,我想你的问题能够得到很好的解决。"

治疗强迫观念

咨询室的门被推开。我一看,是王荣,于是笑吟吟地说:"王经理,今天吹的什么风,您这个大忙人,舍得到我这里来?"

王荣微微摇摇头说:"秦医生,我没精力与你开玩笑。我来找你,是想你帮我,准确地说,是想你救我。"

我仔细一看,王荣虽然穿得光鲜,但脸上有疲惫、焦虑之色。莫非,他与宋伟……

在这个案例中,王荣是同性恋,宋伟很有可能是双性恋,而王荣的感情付出要多一些,所以我比较同情他。

我这人有时喜欢打抱不平。

我说:"王经理别急,慢慢讲,就算宋总有什么不对,你和我说,我可以帮你找他出气。"

王荣说:"秦医生,你误会了。其实,宋哥对我……对我挺好的。只是,我感到对不起宋哥。"

我心说,你如此痴情,不可能移情别恋吧?

看来,我猜错了。

王荣接着说:"我得了一种病。我总想着要伤害人、要杀人。我想控制,但就是控制不了。刚开始,我想要伤害周围的人。这一个星期以来,我想要伤害的人,竟然是宋哥。宋哥对我这么好,我还时时刻刻想着伤害他、打残他。我究竟怎么了?"

王荣讲的病情,一下子提起了我的兴趣。我问:"你只有想法,没有付诸行动吧?"

第十二章
身心失控了——五花八门的强迫症

王荣答:"没有行动。但这种想法越来越强烈。我怕哪天控制不住,干出什么伤害宋哥的举动来。"

我略为思考说:"从你描述的症状来看,你可能患了强迫症。"

王荣接过话说:"我知道我有强迫症,比如睡觉前,我要反复检查门,看是否反锁好;每天上班前,我要好几次对着镜子检查,看领带是否打正。"

我说:"强迫症分为强迫行为和强迫思维。检查门、检查领带属于强迫行为。老是想着可能伤害人,就是强迫思维。准确地说,这属于强迫思维中的一种,叫强迫观念。"

王荣喃喃地说:"我怎么患上这种病了?"

对于发病的原因,我分析了四点:

其一,性格因素。前面讲过,完美主义者、性格严谨的人易患上强迫症。王荣穿戴讲究,工作认真,追求个人幸福也很执着。这些性格,使他很早以前就有了检查门等强迫行为。只是近段时间以来,他的病情加重,产生了强迫观念。

其二,精神因素。有资料显示,百分之三十的强迫症患者在发病前有抑郁、焦虑等症状。近两年来,王荣与宋伟的关系受到了一些人的非议,造成了一定心理压力。他的心理素质没有宋伟好。宋伟什么事都没有,但他就扛不住了。

其三,情感因素。他喜欢宋伟,内心害怕宋伟受到伤害。当强迫观念出现时,越怕什么,越要来什么。所以刚开始,他怕伤害周围的人,后来集中在宋伟一个人身上。

其四,工作因素。一个人长期受到压力,疲惫不堪时,也可能患上强迫症。在矿区,宋伟信任王荣,大事小事都交给他办,繁重的工作也是加重强迫症的因素之一。

对于治疗，我主要采用两种方法：

一是认知疗法。给王荣详细讲解强迫症的相关知识，使他减少焦虑，增强治病的信心。

二是模拟疗法。我找到宋伟，告之王荣的病情，请他配合治疗。宋伟听说王荣有此病，极为关心，表示全力配合。

治疗的过程是这样的：

第一步，王荣当着我和宋伟的面，把自己的病情完全暴露出来，把自己的担心与恐惧完全讲出来。宋伟拍着他的肩头表示安慰，王荣点点头。通过这种方式，王荣绷紧的神经得到了松弛，就像胸口搬走了一块大石头。

第二步，让宋伟陪王荣去一些危险的地方，比如汽车飞驰的公路旁、陡峭的悬崖边，让王荣试着习惯恐惧。因为这种场合，王荣会强迫自己去想，自己很可能推宋伟一把，伤害了他。但汽车开过去了、从悬崖边回来了，王荣却什么都没做。模拟疗法使王荣认识到，自己的想法与行动是分离的，并不会真正去伤害宋伟。

采取了这些措施，没过多久，王荣跳出了强迫症的思维怪圈。

MIND

CATCHER

第十三章

戒不掉的瘾——生活被弄得一团糟

没病人时，我喜欢看书，今天看的是一本有关算命先生的书。也许有人会说，看这类书，是无聊打发时间吧？非也。这是我有计划地学习。那些在街头摆摊设点的算命先生，为什么能叫别人乖乖掏钱，然后又让别人笑眯眯地离开？因为他们掌握并运用了许多心理学知识。

　　有一次，广西军阀陆荣廷穿着仆人的衣服，故意把头发弄得乱糟糟，去街上找人算命。他找到一个跑江湖的半仙，报完生辰八字，那半仙就大嚷：“大富大贵，大富大贵呀！老朽算命几十年，还没见过这么好的命。"后面的事就不用详述，自然是半仙将陆荣廷忽悠得心花怒放。他给了一大笔赏钱，唱着小调走了。

　　事后，半仙对徒弟说，此人虽穿着破旧衣服，但他肥头大耳、面相红润，一定伙食不错。他的手没有茧子，没有裂口，连指甲都修理得整整齐齐，说明他不是干体力活的人。最重要的是，他的眼睛有神，有威慑感，说明他常发号施令，不是一般的人物。

　　知识有共通性。算命先生要善于察言观色。心理医生也要会这招，要从别人的穿衣打扮、神态表情、言谈举止中读出有用的信息。

性瘾

这时，咨询室的门被推开，一位女士走进来。我像半仙那样，看了她一眼，迅速读取有用信息。

第一，她的社会阶层不算低。从打扮上看，她衣着较为得体，略带洋气，说明她在城市工作，且文化程度较高。从衣服质地上看，虽不是什么大名牌，但肯定不是地摊货，说明她经济条件不差。

第二，她的问题可能与性相关。她目光游离，眼神不敢与我对视，说明她在同为女性的心理医生面前有些自卑。她五官端正、长发披肩、神情妩媚，是个美女。

我开始与她交谈。要在较短的时间里，搞清楚她的基本情况和此行目的。

她是附近城市的公务员，至于是哪个单位的，她不讲，我也不能问。她未婚，私生活混乱。

她的性伴侣中有好多已婚男人。偷情意味着危险。有一次，单位接待客人，吃饭途中，她性瘾来了，主动勾引客人带的驾驶员，然后在洗手间迅速了事。那驾驶员口风不牢，回去途中给客人讲了。第二次，客人来时，当着她领导的面，讲了些不明不白但她又听得懂的话。当时，她真害怕客人将话讲透，让她领导听懂了。

后来，她的性瘾到了不可收拾的地步。有时见到陌生男人，就有脱掉衣服、暴露自己的欲望。她感觉自己全身着了火，没有男人灭火，随时都有可能燃烧。

她很痛苦，老是在想，自己是不是一个坏女人？

我开导她："你是患上了性成瘾的心理障碍，并非道德出了严重问题，所以没必要过于自责。"

看着她迷惑的眼神，我继续说："性成瘾又称性欲亢奋，与药物成瘾相似。患了这种病的人，表面上游戏人生、风流洒脱，但由于成瘾状态支配着意识、思维和生活，内心的情感却苦不堪言。"

要治疗，就要弄清她患病的原因。有人研究，百分之七十以上的性依赖者在儿童时期都受到过不同程度的虐待，或精神上，或身体上，或性方面的。长大后，因儿童时受到的创伤，他们内心孤独、空虚、焦虑，只得以特殊的方式来换取暂时的麻醉和爱的感觉。

我详细问她的家庭情况。

小时候，她的父母关系不好，吵架、打架是家常便饭。她母亲强势，脾气不好，常弄得父亲不敢归家。有一次，她被母亲打了，跑出家门。父亲见状，过来抱着正在哭泣的她。父亲厚实的胸膛让她感到少许的温暖。这时，母亲提着棍子追出来。父亲懦弱，吓得丢下她跑了。

听到这里，我基本上理出了头绪。

她为什么总是与不同的男性接触？因为她怕爱上男人，害怕婚姻生活。在潜意识中，她认为所有的婚姻都会不幸，像她父母那样吵吵打打。

她为什么会患上性瘾症？因为她在童年时，父母关系不好，情感上没得到应有的呵护，也不知道该用什么方式去获取爱。也许父亲那一抱，她感受到的不是父爱，而是一个男人身体的温暖，而且这种温暖转瞬即逝。长大后，她就把性当作与他人联结的方式，在快餐式的性爱中寻找温暖的感觉。这种方式多次实践后，就成了性瘾。

对于治疗，我提了三点建议：

"第一，纠正错误认知，树立合理观念。爱是建立在情感基础上的，性是爱的一种表现形式。纯粹满足生理需要，没有感情的性，是动物行为，也是对自己不尊重的行为。正常的人迟早都要回归家庭并享受家的快乐。

一个正常的女人，日后还有要承担起为人妻、为人母的责任。你童年家庭不幸，并不代表所有的家庭都不幸，也不意味着今后组建家庭会重复上一辈的故事。你要勇敢一点，正视自己的问题，用理性敲开心扉，解开心结，以求得灵魂的解脱。

"第二，想象糟糕后果，厌恶动物行为。你想象你的滥交行为被单位发现，闹得人人皆知，领导和同事们对你投来蔑视的目光；你想象与别的男人偷情，被人家老婆抓住后的羞辱；你想象不幸沾染上疾病，那灾难性的痛苦；你想象不能组建家庭，最终孤老一生的凄凉。多想后果，多一些三思而后行，就能减少一些性欲的冲动。

"第三，采取多种方法，控制异常行为。你可以当一段时间的工作狂，让成就与赞赏冲淡性欲。实在不行的情况下，你可以买一些成人用品来自慰，这样对他人、对自己都没有危害。这些是临时性举措。我觉得你最应该做的，是尝试一段真正的恋爱，把性关系固定在一个男人身上，最后组建家庭，从而彻底戒掉性瘾症。"

两个月后，她给我发了条消息，说按照我的方法，性瘾症有所好转。她现在开始恋爱了，感觉还行，最怕的就是男方知道自己的过去。我对她的好转表示欣慰，建议她学会遗忘，忘掉过去的一些事，以争取崭新而幸福的人生。

减肥瘾

"秦医生，请救救我女儿！"一个双眼红肿的中年妇女，用哭腔对我说。

我叫她别急，慢慢讲。

"是王医生叫我来的。"中年妇女拿出纸巾，擦了擦脸上的泪痕说，"我女儿住院好几天了。王医生说,如果不从心理上改变过来,早晚……早晚会出事。"

"你女儿得了什么病?"

"她减肥成瘾,越吃越少,怎么都劝不住。现在瘦得皮包骨,肋巴骨都露在外头了还要继续减。一个月前,学校通知说她病了。我到学校,校医对我说,我女儿减肥过度,造成营养不良,建议我接回家做工作,吃好点,调养一段时间。回家后她继续减肥,每天只吃一点水果,米饭不沾,更别说鱼肉了。看着她越来越虚弱,我好话歹话说尽了都没效。前几天她虚脱得晕了过去。我吓坏了,赶紧送她到医院。"

中年妇女说的这种情况,用心理学概念讲是神经性厌食症。得此病的人认为多长一两肉都是罪过,拼命节食、拼命瘦,没有节制。如得不到及时治疗,最终将导致身体崩溃,厌食而亡。

我告诉中年妇女:"王医生说得对,靠输液维持营养只能解决临时问题。而心理辅导,让她彻底转变观念才是治本之道。"

"对头,对头!秦医生,一切拜托你了!"她双手合十,期望之情溢于言表。

"心理医生通常是等病人上门,但你女儿的情况特殊,我愿意到住院部主动和她交流。要弄清她厌食的原因,才能进行针对性引导。"

"还不是那些模特、明星害的。"中年妇女接过话,"现在的电视、网络、报纸、杂志,都在宣传以瘦为美。那些时装、香水的代言人都骨瘦如柴。我女儿爱时尚,就跟着学,唉!"

"你讲的是减肥成瘾的社会原因。除此之外,也许还有家庭、学校等原因。"

"家庭?我没向她灌输以瘦为美的观念。我身材像冬瓜,但从来不减肥,没做坏示范。"中年妇女不太赞成我的观念说,"小学毕业后,我就把她送到城里的私立学校读书，学费是全市最高的，师资和各方面环境都不错，老师们不会乱引导吧？"

"得厌食症的女孩，通常家里经济条件都不错，这也许是患此病的家庭原因吧！"我这样说，有些敷衍她。她不是病人，而是病人的母亲，有些道理没必要向她解释过细。当然这并不是我没耐心，只是没有必要浪费时间，因为大多数人都看不到自己的缺点，她也一样。再说，跟我聊天是按时计费的。我终止了谈话，提出去看看她的女儿。

她的女儿的确如她描述的那样：骨瘦如柴，面无血色，输着液睡着了。我示意别叫醒她，因为厌食症患者均存在一定程度焦虑，睡眠很重要。

出了病房，我对中年妇女说："看来你女儿还要在医院住一段时间。这样吧，我每天抽空来，找机会与她聊聊。"

"谢谢！"中年妇女问，"那咨询费怎么计算？"

我笑道："医生的职责是治病救人，创经济效应是其次的。如治疗效果好，你多少交点费，如效果不好就免单吧。"我这样说，显示我高风亮节的同时，也给自己留了条路。因为有些厌食症患者心理异常，根本听不进心理医生的劝告。

我们医院小，医生和护士的工作服没区别。她女儿以为我是护士，看我面善，也喜欢和我聊。我挺讲策略，刚开始绝口不提减肥。

在聊天的过程中，我套她的话，找到了她减肥成瘾的原因。

她的母亲是一个完美主义者。她出生以后，母亲就辞掉工作在家里当全职太太。她从小便得到母亲过于精细的照顾。在饮食方面，早餐必须有鸡蛋，午餐必须有鱼肉，晚饭后必须吃水果。每顿吃多少，都要实行量化管理，如没达到要求，母亲就一哄二骗三压，软硬兼施，逼女儿吃下去。从小到大，她就没感到过饥饿。吃饭对于她来讲，不是享受，而是一种任务和负担。在母亲如此精心的呵护下，她的身体发育得很好。

俗话说，再有钱，也要让儿女有三分饥寒。母亲过度的爱，是造成她厌食的家庭原因。而她讲学校的一些事，也引起了我的注意。

读小学时，她成绩好又有文艺特长，再加上家庭条件不错，老师也挺照顾，她感到自己身上罩着光环。

可是，她升入初中，发觉自己身上的光环不见了。她所就读的私立初中是别人眼中的贵族学校。在那里读书的，都是些不愁吃穿的小皇帝。同学中成绩好的多得很，家有钱的也遍地是，有的同学每天坐着跑车来上学。有一次，她偶尔听见几个城里同学背后议论，说她土里土气的，是个乡巴佬。她气得咬牙切齿，但又无可奈何，自己来自矿区，与城市女孩相比，气质上是要显得土气些。

她觉得要在班上有地位，就必须改变自己。她发觉班上的女同学大多营养过剩，偏胖。自己与她们相比，相对苗条，说起腰围，这些同学比较自卑。她心想，其他方面争不过，我就在身材上战胜她们。于是她开始拼命减肥。至于减肥的方法，不外乎三点，即少吃、催吐和多运动。少吃和多运动很好理解，这里只介绍催吐。她饿了的时候很想吃，当忍不住吃了又自责得不行，于是就跑到厕所用手抠喉咙，将吃的东西吐出来。

对于治疗，我颇费了一番脑筋。我认为，按图索骥的心理医生只能算三流，真正的高手，应针对病人的实际情况来制定有个性的方案。

第一招，鼓励进食。

用静脉注射输入营养绝非长久之计。但要她自己吃，她只是象征性地尝尝。王医生问我怎么办？我想了想说，我们几个可以唱一台戏。

王医生唱红脸，对她说："进了医院就得听医生的，如你不吃，就从鼻子里插管，将食物强行灌进你胃里。"

我唱白脸，对她说："小妹妹呀，人是用嘴吃饭，如用鼻子吃，想起来都难受。何必受那份罪呢？"

楼虹过来唱花脸，对她说："你多吃一碗饭，我就给你表演一个节目。"

我看她有点动摇了，又说："吃点东西，恢复精神，早点出院，早点回家。离开了医院，吃多吃少还不是你说了算。"

就这样，我们各种方法都用上。她在食欲面前，防线开始松动，逐渐吃进去了一点。

第二招，纠正认知。

一方面反向刺激。我在网上搜一些模特、影星，因厌食而英年早逝的例子，寻找时机讲给她听。我对她说："女孩追求美没错，但如果吃得过少，连起床的力气都没有，美从何来？"我告诉她："你现在很危险。如果再不纠正错误观念，可能还到不了那些模特、影星的年龄，就到另一个世界去了。这不是吓唬你。"

另一方面正向引导。我对她说："不要太在乎别人评价你的眼光，而要注意你的心态的阳光。你和同学们比的不是身材，而是学习成绩和综合素质。你现在病怏怏的，你那些同学就看得起你吗？说不定她们这时正在议论你，说你是个傻瓜呢！你要勇敢起来，把身体养好，在成绩上和她们比一比。姐姐告诉你一句话，知识可以改变气质。假设一下，你身体好了，学习提高了，再加上发挥出你的文艺特长，体现出了你的综合素质。假以时日，同学们还会在背后说你是乡巴佬吗？"

第三招，家庭治疗。

我找她母亲谈了一次话，毫不客气地指出她在个性上存在完美主义的缺陷，教育女儿的方法也存在问题。在我的建议下，母亲多次走进病房与女儿单独交流。她们说了些什么，我听不清楚。但看见母女俩手拉手的样子，我知道她们沟通是有效的。

在医院住了二十多天，她在母亲的陪伴下出院了。走之前，母女俩来到咨询所，说了好多感谢的话。我抚着女孩的肩膀，讲了些注意事项，最后祝她健康幸福。

网瘾

"你是秦医生吧？"推门进来的，是一个五十多岁的男人。

我微笑着点头，示意请他坐下。

他拿出挂号单递给我。我利用这个机会，仔细瞅了他一眼：

第一，这是个老实人。我们医院不太正规，大多上门咨询的常常不挂号就直接来找我了。他进来时，有些拘束，可能没见过太多世面。从穿衣打扮看，他较为朴实，属于勤俭持家那类。

第二，他在为某事焦虑或操心且时间不短。挂号单上写着，他只有四十一岁。而他的相貌呢，头发较长，有些凌乱；一张大脸，却肌肉松弛，皱纹清晰可见；双眼凹陷，目光涣散，说明心理正受某事折磨。如在街头碰见他，一定认为他是一个快退休的老大爷，绝不会想到他刚过四十岁。

他一开口就直奔主题，说是为儿子小伟来咨询的。

小伟十六岁，网瘾特别大，成了一棵不好纠正的歪脖子树。他正为此事烦恼。

小学四年级放暑假，小伟到姨妈家玩，跟表哥学会了上网打游戏。假期结束，小伟回到家，游戏瘾就大起来。刚开始，他认为男孩子玩玩游戏很正常，没多加干涉。时间稍长，他觉得不对劲了。小伟放学不按时回家，

第十三章
戒不掉的瘾——生活被弄得一团糟

谎称到同学家做作业,其实是跑到网吧去了。他开始说服教育,但效果不好。发展到后来,小伟逃课去网吧,成绩直线下滑。他什么方法都用尽了,连打骂体罚都没效,小伟网瘾越来越大,父子矛盾不断升级。

有一天晚上夜深了,小伟没回来,急得父母到处找。这时手机响起,他一看是远房堂兄打来的,说小伟在江边公园出事了,叫他赶快过去。

原来,为了不让小伟去网吧,他严格控制孩子的零花钱。那天,小伟因身上的钱用完,被黑网吧(正规网吧未成年人不得入内)老板赶出来。他碰到一个同样没钱上网的网友,两人商量,学游戏里的情节——打劫。那个网友带着一把水果刀,两人去公园蹲点,抢了一名中年妇女。由于两人初次作案没经验,再加上均未成年,个头也不大,中年妇女得以逃脱,且边跑边喊救命。他的堂兄正好路过,帮忙抓住一个,另一个跑了。堂兄见是一个小孩,没打,拉到路灯下一看,竟是小伟,于是拨通了他的电话。

中年妇女要报警,堂兄说是他侄儿,等孩子父母来了再说。小伟父母过来了,见儿子行为触犯了法律,哀求中年妇女放他们一马。小伟妈妈跪下了,中年妇女心一软,见自己也没什么损失,就没报警。

小伟父母商量,不能再让小伟这样下去。经过几天的反复考虑,他决定为儿子办休学,送专门的戒除网瘾机构治疗。

他找到一家机构,主要方法是电击疗法,疗程半年,费用八千元。正要将小伟送去时,他家属又听到了这家机构的负面报道,说电击会造成后遗症、对学员武力镇压等。两口子又犹豫起来。后来听说矿区有个心理医生,他就专程来问问,请我给他拿个主意。

听完他的叙述,我说:"网瘾,心理学称为网络综合征,是指过度沉湎于网络引起的各种生理、心理障碍。得此病的人,以十二到十八岁的男孩居多。这个时期的孩子,判别能力差又处于青春叛逆期,喜欢刺激、惊险的感觉，而网络游戏正好满足了这种需求，这是成瘾的主要原因。"

说到这里，我停了下来。他也不说话，用一双期待的眼睛看着我，希望我讲出什么真知灼见。

我介绍，治疗网瘾通常有三种方法：

"首先，要理性分析原因。网瘾的出现，除了内因以外，外因也会起作用。内因是指孩子青春期的心理及生理特点，刚才分析了，不再重复。外因是指家庭、社会和学校，究竟是哪个环节出了问题，应当仔细思考。只有找到原因才能对症下药，彻底根除。

"其次，要经常耐心加以教育。我相信，你是一个有责任心的父亲，但请你反思，你对小伟的教育方法是否存在简单粗暴、急于求成等问题。在孩子的成长过程中，家长最重要的不是指点与督促，也不是指责与打骂，而是陪着孩子玩，陪着孩子聊，让他们说出心里话，这样便好引导了。

"再次，多带孩子参加户外活动。兴趣爱好是块阵地，积极向上的东西不去占领，网络游戏之类的就会占领。如有可能，多带孩子出去走走，进行一些体育活动。必要时，可报名参加一些健康向上的兴趣班。

"以上三点治疗方案是从普遍性的观点来讲的。你儿子没来，我对孩子了解不够，提不出更有针对性的治疗方案。但我相信，你是一位有爱的父亲。爱，会促使你找到适合你儿子戒掉网瘾的方法。"

我接着说："至于你讲的某某网瘾治疗中心以及他们的电击疗法，我都不大了解，无法评论，也不能给你建议。是否送到专业机构治疗，只有你们当父母的才能决定。"

晚上回到寝室，我浏览网页，见一篇描写网戒学校体罚学生的新闻，说"问题少年"被抓进去后，教官动辄打骂学生。女生稍好点，男生更惨，半夜男生楼还传来嗷嗷的叫声。有网友评论：血淋淋的事实证明，用暴力对付青春叛逆期的孩子，只能适得其反。

也许现在我能做的，只有祝福。祝小伟通过家长教育，就不用去网戒学校了。如真要去专业机构戒网瘾，也祝愿他找到一家正规的，使他青春不再受到更多的伤害。

另类性瘾

前两节，讲了两个青春期孩子的瘾。现在，我讲一个成年人的故事。

小D青春亮丽，与男友相恋两年，到了谈婚论嫁的阶段。她决定与男友同居，两人在一起的时间多些，好商量装修房屋、准备婚礼之类的事情。

同居没多久，小D在性的问题上与男友产生了隔阂。男友在网上买了些学生服、护士服、丫鬟服及情趣用品，要她穿上这些衣服，用情趣用品与自己"演故事"。小D感到不适应，不配合演，男友脸色不好看。

在同居之前他们也有过性行为，但是同居后才知道男友还有如此嗜好。

小D爱男友，为了不影响关系，忍着内心的不满没表现出来，尽量配合男友"演戏"。

两人结婚了，婚后生活正常，感情稳定。第二年，小D生下一个男孩。孩子的出生应该是家庭的稳定器，但小D发现，自从有孩子后，丈夫对自己的性要求冷淡了。是他工作累了，还是自己只管孩子，打扮不性感了？小D从两方面努力，在生活上关心丈夫的同时也增强自身的吸引力。可是，小D的努力没得到回报，丈夫对她的冷淡依旧。

是什么原因呢？是丈夫有外遇了吗？小D不得其解。直到有一天，小D半夜醒来见丈夫不在身边。她走到门口，见丈夫的鞋子还在，显然他没有出去，厕所也没人。她走到书房，听见里面有敲击键盘的声音，心想，丈夫可能在加班，这半夜三更的也太拼命了。过了会儿，里面没有声音了，却传出丈夫"哼哼啊啊"的声音。小D疑惑不解地轻轻将门推开一条缝。天啊！丈夫光着身子，与女网友在裸聊。这时，丈夫停止打字，开始自慰。她蒙了，做梦也没想到丈夫如此变态，想冲进去扇他两记耳光，但最终还是悄悄掩上门——那样彼此都会尴尬。她回到床上，一夜无眠，脑中不停地思考：自己的婚姻是否走到了尽头？丈夫的心理是否出了严重问题？

小D是个理性的人。第二天，她没把这事向丈夫说破，却来找我来了。

我问小D："你找我，想达到什么目的？"

小D答："请你帮我分析我丈夫的行为，我再决定是否离婚。"

我斟酌着说："你丈夫存在两个问题，一个是性角色扮演，另一个是网络偷情。这两个问题都是有瘾的，我们一个一个地分析。"

我说："性生活中，角色扮演颠覆了传统的观念，包括你在内的一些女人接受不了。在你看来，性生活是情感的升华和反应。在你丈夫看来，性生活是一个娱乐项目。这是你们夫妻俩观念的差异。你如何看待这种差异……"

小D猜到我后面的话，抢白道："他叫我穿不同的衣服，就是把我想象成各种不同的女人。他用情不专。"

我继续解释："爱是什么？是奉献，也是占有。但从心理学的角度讲，女人与男人是不一样的。你指责丈夫用情不专，是想独占他的感情，这本正常。而男人本能的占有欲望要广得多，他们天生就想传播更多的基因。为什么说十个男人九个坏？因为他们喜欢把基因传播四方。但现在社会是有秩序的，这种行为会受到法律与道德的制约。所以你丈夫在处理传播基因的愿望时，就选择了另一种方式，要你扮演多个角色。这是他对本能欲望的补偿。如果你能接受，对婚姻、对感情，其实是没有伤害的。"

小D说："那其他的男人怎么不像他那样？"

"夫妻性生活是隐私。你怎么知道别的夫妻是怎样过的？"我微笑着说,"有的男人当不能到处传播基因时,会选择转移,比如寄情于事业与爱好。而你丈夫,选择了角色扮演这种方式来补偿,也不能算错。还有些坏男人,到处去寻花问柳去了,那才是道德有问题。"

小D点点头,表示赞成我的观点。

我接着说:"在角色扮演问题上,你有观点不够前卫的问题。而你丈夫呢?也有引导不力、沟通不好、没有挑逗起你'演戏'欲望的问题。总之,婚姻和性生活是一双鞋,你们觉得合适就好。"

我见第一个问题讲得差不多了,于是说:"我们谈第二个问题。其实,这两个问题有一定的联系。在性角色扮演中,你丈夫没得到满足便寄情于网络,在虚拟世界中寻找那份传播基因的刺激。这种行为用现在的话说,叫网络偷情。"

小D问:"网络偷情?这算不算出轨?"

我答:"出轨,通常是指与配偶之外的人发生了性关系。网络偷情,你说是出轨吧,它只是在网上找刺激,没有身体接触。你说不是出轨吧,好像灵与肉体又都出去了。至于是否算出轨,只有你自己判断了。"

我这样说,小D是否会认为我在忽悠她?我还是给她提出建议:"你丈夫既没找情人,又没耍小姐,只是偷偷地网用络偷了一下情,这说明他还是在乎你的。只是你在有些方面,不能满足他的精神需求和生理需求。我认为你们的婚姻没有走到尽头,建议你找他谈一下,多沟通交流。传统女人羞于谈性。但社会在发展,你主动提出来,也不是什么丢人的事。"

看她的表情,她被我说服了。我开始总结陈词:"有效沟通了,彼此理解了,都觉得被尊重,被重视了。你们的性生活才和谐,你们的未来才会充满阳光。"

毫无疑问,这又是一次成功的心理疏导。小D来时,阴云密布;离开时,阳光灿烂。

社会在进步，健康水平不断提高，平均寿命不断增加。可是社会的进步，竞争的加剧，使大众的心理问题也日渐增长。当心理出现问题时，睡眠很可能受影响。下一章，探讨睡眠那些事。

MIND

CATCHER

第十四章

睡眠那些事——失眠和梦游都不好玩

公安局刑警队赵队长一直是一副硬汉形象。可是在今天，赵队长带着满脸的疲惫，推开了咨询室的门。

他来找我是因为失眠，想了解一些改善睡眠的方法。近段时间，他开始吃安眠药，刚开始吃半颗，现在每晚要吃三颗，但睡眠状况仍然很不理想。

我对他说："安眠药要少吃，最好不吃，吃多了会上瘾。再说，吃安眠药的睡眠不真实，清晨起来，没有自然睡醒那种清爽感觉。"

赵队长说："我也不想吃安眠药了。今天来找你，就是想搞清楚睡眠究竟是怎么一回事，想从根本上解决问题。"

看来，我有必要普及一下睡眠相关知识。我给他讲了三点：

第一，睡眠是兴奋与抑制的交替。白天清醒，处于兴奋状态。晚上睡觉，处于抑制状态。如果兴奋过度，该睡觉时不能进入抑制状态，就会造成失眠。所以说睡眠主要靠自己调节，让兴奋与抑制交替进行，吃安眠药治标不治本。

第二，担心失眠的危害大于失眠本身。有这么一个事例，第一次世界大战中，一名士兵的脑前叶被子弹打穿，虽然养好了伤，但再也无法入睡。刚开始，这名士兵很担心，觉得自己活不了多久，于是惶惶不可终日。可过一段时间后，士兵虽然觉得自己患上了失眠症，但身体并不觉得疲倦。

他索性不管失眠了，找了份工作，快快乐乐地生活。他活到了八十五岁才离世。有位心理学博士说，没有一个人会因为失眠症而死去，但担心失眠的心理会导致各种疾病，这些疾病往往是致命的。

第三，失眠的原因多种多样。一般来讲，压力过大是失眠的主要原因。此外，疾病造成了疼痛，也可能导致睡不着。周边吵闹，睡眠环境不好，也有可能失眠。有些精神性疾病，比如抑郁症、焦虑症患者，失眠是常见症状。赵队长必须要把失眠的原因搞清楚，然后进行针对性地调节或治疗，才是治本之道。

赵队长说："我分析，我失眠是因为工作压力过大。"

我说："这简单，放下工作，休个假，出去旅游一段时间，失眠自然就好了。"

赵队长说："我休了假，但失眠依旧。"

"赵队长，恕我直言，你失眠不仅仅是因为工作压力，你心里一定装有某些事，某些你难以向别人讲的事。"赵队长沉默，我进一步分析，"你干刑警多年，一般的工作压力不在话下。我在想，你一定遇到了一件非常难以解决的事情，而且这件事情与你的切身利益，或者说与前途命运有直接关系。"

赵队长仍然沉默，但他的表情有些惊讶，眼神有些迷离。看他的样子，我知道自己的猜测是正确的。

"要说出来，一定要说出来。"我言辞恳切地说，"作为心理医生，涉及你隐私的，我会保密。"

赵队长沉默了半分钟，叹了一口气，给我讲了一件事。

内心的秘密

时光之钟向逆时针拨转，二十年前，赵队长读高中，是青涩的怀春少男。他与同班的小鄢好上了。一日黄昏，金灿灿的余晖铺洒大地，田间草垛边，赵队长，准确讲应该叫小赵，就在那天与小鄢有了初吻。之后，他们有了海枯石烂的誓言……

"你这不要脸的，原来在这里！"不知何时，小鄢的母亲突然出现，骂骂咧咧，棒打鸳鸯。一对恋人就这样被拆散了。

小鄢的父亲是乡干部，母亲也吃财政饭，而小赵的父母均为农民。小鄢的父母以不准早恋为由，将小鄢转学并断绝了她与小赵的一切联系。

因家庭条件差，小赵有些自卑，不敢再去找小鄢。他可以做的，就是努力学习。高中毕业后，他拿到了警校的录取通知书。又过几个月，他穿上了警校的学员制服。这时他有了一些自信心，才决定去找小鄢。有人告诉他，小鄢的父亲调到城里工作，家也搬到了城里。

为了爱情，为了今后的幸福，他鼓足勇气找到小鄢的父亲。小鄢的父亲听懂了他的来意后，客客气气地给他倒了一杯茶，然后说："小鄢下个月就要出国了，现在在广州补习外语。你们根本不现实，希望你不要拖小鄢的后腿。"然后，小鄢父亲以工作忙为由，请小赵离开。

一段唯美之恋就这样戛然而止。如果小赵与小鄢从此不再见面，那这段恋情只是一个很普通、很老套的故事。

时光荏苒，岁月如梭，当年的小赵变成赵队长。在几个月前，赵队长得到消息，有个绰号燕姐的毒贩要来本地交易。在接头地点，赵队长精心布防，想一网打尽。混乱中，燕姐抢了一辆摩托车逃向城外。赵队长见状开车追赶。燕姐慌不择路，将车骑到一个小煤矿时，前面没路了。燕姐弃车向山里跑，赵队长停车追去。

燕姐跑到崖边，望着深深的山崖，腿在打战。赵队长站在她身后，拿出了手铐。过了一会儿，走投无路的燕姐理了理头发，然后转过头，向后面看去。仅一眼，觉得这警察似曾相识；再看一眼，是他——赵俊。又仔细看一眼，不错，是他，自己的初恋。

"赵俊，是你吗？"

犯罪嫌疑人居然叫出了自己的名字！赵队长惊诧。

当燕姐完全转过身，他看呆了，也看傻了。是小鄢！的的确确是她。她的容颜曾在自己脑海里出现过千万遍，虽然二十年未见，但绝不会忘，也绝不会看错。

一对初恋情人就这样尴尬地重逢。

"小鄢，你不是出国了吗？"沉默之后，赵队长先说。

"哼！你认错了，我不是小鄢，我是燕姐，卖粉（毒品）的燕姐。你来抓我吧！"

"你，你，你怎么会变成这样？"再刚强的人都会有软肋。小鄢就是赵队长的软肋。

"我变成这样，还不是你害的。"燕姐也许善于表演，也许真的内心有所触动，此刻的她，泪如雨下，边哭边讲述，"我妈要我与你断绝联系，我不同意，就强行给我转学。我没心思读书，成绩一落千丈……"后面的话，燕姐哭腔更浓，质问赵队长为什么不去找她。

赵队长动摇了，拿着手铐的手垂了下去。

两人在山崖前坐着，讲别后之情。小鄢高考一塌糊涂又无心复习，跟家里闹别扭，独自一人去广州打工。在那里，她遇人不淑，离了两次婚。一年前，第二次婚姻结束后，她因孤独去歌厅吸了大麻。有了毒瘾后，存款很快花光。为了弄钱，她决定铤而走险，以贩养吸。那边的毒贩子安排她回老家交易，没想到第一次就……

赵队长问："你只是吸了大麻，没有注射海洛因吧？"

"没有。如用针注射海洛因，就戒不掉了。"小鄢伸出手让赵队长看，手腕上没有针眼。

在小鄢答应去戒毒后，赵队长犯了一个原则性错误，他放小鄢走了。

事后，赵队长有些纠结，也有些自责。但想到小鄢戒毒后会过上正常的生活，又有几分安慰。

四天后，赵队长刚上班就得到一个惊人的消息：同事小李在查毒时，被一个毒贩从六楼推下去，摔断了脊柱，神经严重受损，可能会成为植物人。

局长要赵队长严查此案。他调取出事地点附近的监控，看到了一个熟悉的身影，是燕姐，也就是自己的初恋小鄢。有同事在场，赵队长掩饰了内心的慌乱，就让这个镜头过去了。

回到办公室，赵队长锁上门，他没心思工作。凭经验，这事与小鄢有直接关系，说不定推下小李的就是小鄢。怎么办？！为什么？！

当天晚上，赵队长失眠了。第二天，他强打精神去医院看了小李。医生告诉他，小李若是醒来，就是医学奇迹。

刑警队副队长报告，从勘查现场的情况看，毒贩并没留下什么线索。现在小李又成了植物人，开不了口。赵队长心想，也许自己不说，这个案件就破不了。小鄢此刻可能回广州了，也许再不敢回老家作案，自己应该是安全的。但想着躺在病床上的小李，有个叫良心的东西会谴责自己一辈子。如果向组织坦白，此事也太严重了，自己的前途又将如何？

他想来想去都想不出答案，难以入睡。为了坚持工作，他开始吃安眠药。组织上见他状态不佳，以为是工作压力太大，主动安排他休假。休假期间，他依然失眠。没过多久，他仿佛老了许多，精神快崩溃了。

赵队长找我，原想请教一些助眠的方法，但经不住我"引诱"，讲出了内心的秘密。

"赵队长，感谢你对我的信任。你的行为是否触犯法律，我不好判断，但至少违反了工作纪律，这是肯定的。从你的讲述中，可以看出你是一个敢于担当、勇于负责的人。在情与法之间，究竟应当怎么担当，又用什么方式来真正负责，是你应当反思的问题。

"导致你失眠的原因非常清楚，只要你把这件事处理好了，失眠自然就会消失。对于怎么处理，心理医生不会帮你做决定，但可以帮你分析，为你的决策做参考。"我条分缕析地说，"如果你想隐瞒这件事，你的内心就不会安宁，失眠就会如影随形，健康状况就不会好转。如果你勇敢面对，承认自己的错误，承担起应负的责任，虽然仕途会受到一定影响，但你的心里会坦然，会睡得安稳。何去何从，你自己拿主意。"

虽然叫他自己拿主意，但谁为上策，谁为下策，一目了然。

赵队长没说话。我看得出他内心的斗争、波动与纠结。

沉默一会儿，我说："赵队长，你不必急着做决定，可以回去想一想。"

赵队长略为点头，站起来说："谢谢你，秦医生。不用多想了，我这就回去向组织坦白，争取从宽处理。"

我微笑，伸出大拇指，表示赞同。

梦游

脑袋大脖子粗，不是领导便是伙夫。矿区小伙、食堂厨师何大头就肥头大耳，胖得圆嘟嘟的。近段时间，心宽体胖的何大头正为一事闹心。

矿区没有高档馆子，小食堂负责接待，冰箱里常备有高档食材。何大头好几次发现，高档食材不翼而飞。自己就睡在外面，门锁完好无损，只有自己才有钥匙，是谁偷走了食材？何大头不得而解。食材被盗几次后，他向服务中心经理孙燕祥汇报。

孙燕祥到现场看，冰箱位于厨房内，而进厨房要经过何大头的寝室。窗户很高，安有防护栏。如果是小偷作案，冒这样大的危险，只偷点吃的，说不过去啊。

孙燕祥看不出究竟，只得对何大头说，再观察一下，如果丢东西再说。

几天后，何大头又来报告，冰箱里的东西又少了一半。

孙燕祥找到保卫部经理铁昆。铁昆分析，是不是何大头监守自盗？孙燕祥说："这个问题我想过，但很快否定了。一来何大头在矿区工作多年，老实本分；二来那些食材偷出去卖，也卖不了几个钱，何大头不可能干如此蠢事。"

铁昆想了个主意，叫人以检修电线为名，在恰当位置偷偷安一个红外线监控。孙燕祥同意。

监控安好十几天后，何大头又来报告，冰箱里食材又不见了。铁昆和孙燕祥一起看监控。

子夜一点半，一个胖嘟嘟的身影进入厨房，来到冰箱处，将里面的东西拿出来大吃大喝。有些半成品，还拿到灶上加工。吃完后，此人大摇大摆走出厨房，还将门锁好。虽然整个过程没开灯，画面也不算清晰，但从体态动作可以判断，进厨房的人就是何大头。

铁昆说："果然是监守自盗，这样的厨师就该开除！"

孙燕祥想了想，说："我觉得此事有些怪异。现在又不是灾荒年代，有必要半夜起来偷着吃吗？再说，何大头一个人管着厨房，如果仅是为自己偷着吃点，他不向我报告，我也不会知道。"

铁昆说："监控在此，这是铁的证据。"

孙燕祥说："在开除之前，我得向宋总报告。何大头做的菜，宋总是高度认可的。"

宋伟听完孙燕祥的汇报,将头靠在背椅上说:"我感觉何大头人品、责任心、技术均好,如果不是有监控,我真不敢相信。"

孙燕祥问:"那开除不?"

宋伟不语。

孙燕祥换了种问法:"宋总,此事该如何处理?"

宋伟没答复,而是拨医院电话,将我叫到他办公室。

我听了孙燕祥的介绍,略为想了一下说:"我认为有这么一种可能,何大头患有一种罕见的梦游嗜食症。此病是梦游症的一种,特点是半夜起来凭着感觉找东西吃,第二天醒来时,什么都不知道。"

"梦游症我倒听说过,那只是半夜起床走路,但进厨房弄东西吃,动作如此大,不会醒吗?"孙燕祥问。

"轻度的梦游症患者,表现跟常人一样,只会做出一些平常的举动,比如坐在床上、穿衣服、在房间里走动。但有些重度患者会离开居室,甚至做出一些危险的动作,比如开车、打伤路人,第二天依然什么都不知道。"我继续解释,"何大头将梦游行为固定在厨房偷吃上,可能是因为在他的潜意识中,梦游时吃东西最香。"

"我赞成秦医生的观点,将何大头的行为定性为病,而不是偷盗。"宋伟对我说,"今后他的治疗有劳秦医生了。"

我说:"谢谢宋总的信任。梦游症是大脑内部出了问题,相当于计算机的硬件坏了,而我的心理治疗是医治软件,所以给他治疗效果不佳。"

宋伟问:"秦医生,你觉得此事该如何处理?"

我讲了几个观点:

第一,将真相告诉何大头,是否放下工作去大医院神经科医治,由他自己拿主意。

第二，如不去医治，就将他的寝室换了，远离厨房。另外，厨房的钥匙也要换，由其他人保管。不排除这种可能，由于夜晚进不了厨房，何大头的病就自然好了。

第三，如不去医治，病情也有可能会加重，半夜梦游起来砸厨房的锁，翻厨房的窗，还有可能弄伤自己，或者出其他意外。也许你会说，有这么严重的后果，为何不马上就医？我想说，大脑是一个最复杂的东西，它的运行规律人类还没研究透，梦游症治好的概率不大。

这时，楼虹打我手机，说有病人来咨询。我离开了宋伟的办公室。后来，我再没见过何大头，估计他去医治了，但愿他能痊愈。

没有无缘无故的失眠

上午八点二十分，我刚到咨询室，手机响起。

"秦医生，你好！我是陶武。"

陶武？我脑袋里飞速搜索，哦，我医治过的焦虑症患者。

"秦医生，我想耽搁你几分钟，与你聊聊。"

"好的，你说。"对于患者的要求，只要我能做到，一般不会拒绝。

"近段时间，我睡眠不好，刚开始是多梦、早醒，发展到昨晚一宿没睡。但今天起床也不觉得累，精神还不错。"

"你又遇见什么事了？"

"这次失眠很莫名其妙，我既没受刺激，又没受打击，既没焦虑，又没兴奋，就是无缘无故睡眠差了，直至昨晚通宵没睡。"陶武说，"自从接受你的心理辅导，我现在什么事都看得开，不再争名夺利，但还是失眠了。"

"昨晚你基本上没睡着，现在应该有点疲惫。而你现在没有睡意，说明你内心深处是兴奋的。"

"我很平静，不兴奋。"陶武说。

"不，你说的只是表象上的平静。在意识层面，你是平静的，而在你的潜意识和无意识中，你是兴奋的。这是导致你失眠的原因。"我解释道，"按照弗洛伊德的观点，潜意识是隐藏在冰山下的东西，而这些东西，往往会割破你的船底。你注意你的梦，梦可能是你潜意识的反映。而无意识是什么？我举个例子，你开车经过一个地方，车速很快，你根本没在乎两旁的电杆。有人问你，路两边有电杆吗？你说没注意，没印象，可能没有吧。但这些电杆记录在你的无意识中，只是你不能捕捉和回忆而已。"

"那我现在怎么办？"陶武说。

"你要做的是不焦不躁，静下心来把那个隐藏在潜意识或无意识中的兴奋源找出来，然后有针对性地加以处理和调整。"我鼓励他说，"陶武，你给我打电话，声音不显焦躁，说明你能用比较平和的心态看待失眠，这非常好。"

"今天我能继续工作吗？"陶武问。

"如果你没睡意，可以工作，该干什么干什么。如果你有想睡的感觉，就一定要去补觉，把昨晚失去的睡眠补回来。"

"那好，谢谢你，秦医生。"陶武说，"如不能自己解决问题，我再上门咨询。"

"嗯，好的。但我相信你自己能解决。"

这次电话后，陶武再没来找我。也许他自己找到了兴奋点，把问题解决了。

这个故事很平常，我只是想表达两点：其一，没有无缘无故的爱恨，也没有无缘无故的失眠；其二，只要心平气和地对待，每个人都可以当自己的心理医生。

在我的医疗实践中，睡眠障碍还有许多，比如嗜睡症、"鬼压床"、无睡眠、多梦等。这些故事比较简单，因篇幅所限，就不再具体讲述。

那天上午比较闲，我正在将陶武的电话咨询整理成案例。突然，一个妇女急促推门进来问："您是秦医生吧？"

我点头。

她说："我女儿出事了！"

MIND

CATCHER

第十五章

犬性迷恋症——心理医生与病人说不清的事

捕心者
心理医生见闻录

推门进来的妇女五十多岁，偏瘦，面带忧伤，眼角还挂着未干的泪痕。

她拉着我的手说："秦医生，请救救我女儿！"这句话，她重复了几次。

"你女儿怎么样了？"

"她被人绑架，好惨啊！"

"绑架？"我一时摸不着头脑，"我是心理医生，不是警察。你是不是找错地方了？"

"没错。就找你。"妇女解释，"我女儿的心理被一个男人绑架了，怎么都劝不回来。我求您想想办法，让她清醒过来。"

在我看来，这大抵又是一出棒打鸳鸯的戏码。我请妇女坐下，叫她慢慢讲。

她女儿叫徐丽，中专毕业，在离家五十里的镇卫生院工作。徐丽人如其名，貌美如花，追求者众多。大学生张三，徐丽嫌他迂，是书呆子；镇长儿子李四，徐丽嫌他笨，是官二代；养殖大户王五，徐丽嫌他丑，汗水味过重。最后，徐丽竟然与罗二娃谈起了恋爱，让所有人都大跌眼镜。

罗二娃何许人？从小逃课，把书包挂在树枝上，去掏鸟窝，捉泥鳅。老师多次到家里告状，说他不仅成绩差，还打架闹事、调戏女生。初中没毕业，他就被学校开除了。没书读后，罗二娃成天在镇上晃荡，与不三不四的人称兄道弟，干了不少游走于法律边缘的勾当。其间，他两次被拘留。几年下来，罗二娃在镇上混出了名气，自称"舵爷"，一般人不敢招惹。镇上的人背地里称他为"耍娃""杂痞""渣男"。

徐丽与罗二娃谈恋爱的消息一下子在镇上传开了，人们议论纷纷。有好几个人暗示徐丽，说罗二娃这人不靠谱，可是徐丽假装听不懂。单位有个老大姐，子女在城里工作，心想，自己在镇上待不了多久了，不怕罗二娃报复，于是拉着徐丽的手谈了半天，讲述了罗二娃的种种恶行。徐丽听不进去，还为罗二娃辩护，气得老大姐直摇头。

后来大姐才知道，罗二娃追求徐丽用的是超常规方法。俗话说，烈女怕缠郎。这罗二娃不是一般的纠缠，而是自我虐待。下雨天，罗二娃站在徐丽的寝室门口。如徐丽不开门，他就站一晚上。徐丽要是狠下心肠不管他也便罢了，可惜她心太软。罗二娃才站了半小时，她便送出一把雨伞。这下罗二娃看到了希望，像吃了兴奋剂一样，硬是黏上了徐丽。

徐丽也知道罗二娃名声不好，刚开始提防心挺强，也拒绝了若干次，但罗二娃不到黄河心不死，演起了自杀秀。有一次，他被拒绝后拿出刀子往自己手上割，血一滴一滴地落在地上。徐丽见状一下抓住他的手，将他拉进治疗室，给他包扎。

徐丽的心软与善良让罗二娃得寸进尺。第二天，他打电话给徐丽说，自己站在后山的悬崖边了，如二十分钟内见不到徐丽，就跳下去。

人命关天，徐丽放下手中的工作，向悬崖边跑去。

罗二娃做出要跳的样子，徐丽冲上去抱着他。罗二娃假装挣扎，徐丽只得表态："别跳，我答应你。"罗二娃大喜，一下子反手抱住眼泪汪汪的徐丽。于是，他们的所谓爱情就这样开始了。

由于家在另一个镇，徐丽的这些情况父母无从得知。

恋爱关系确立没几天，在罗二娃的软硬兼施下，他们同居了。没过多久，徐丽怀孕了。她肚中的小生命，并没唤醒罗二娃的责任感和良知。罗二娃"渣"性依旧，天天打架斗殴、惹是生非，甚至偷鸡摸狗。有一日晚上，他打牌输了钱，又喝了些闷酒，气呼呼地回来。为了肚中的小生命，徐丽推开罗二娃的纠缠跑了出去。镇上路灯不太亮。罗丽踩到一块西瓜皮，摔了一跤。这一摔，肚里的孩子没了。

这下罗二娃找到了借口，说徐丽没保护好他的孩子。从此，他实施家暴，徐丽手上、腿上常青一块、肿一块。

卫生院领导看不下去，做工作无效后，只得将实情告诉徐丽父母。父母来了，见女儿这么惨，一边流泪一边哀求，要她断了与罗二娃的关系。可徐丽一副嫁鸡随鸡、嫁狗随狗的样子。

徐丽与父母耗着。父母无奈，回家搬来七大姑八大姨，扬言徐丽再不听话，就将她强行接回家。可是，亲戚们没见到徐丽。在一个无月的夜晚，她与罗二娃私奔，不知去向。这下气得徐丽的母亲，也就是我眼前这位中年妇女，一下子昏了过去。

整整两年，徐丽的家人不知她的消息。

前不久，她母亲听人说在矿区看见一个女子像是徐丽，迅速赶来。矿区人不多，经七八天的寻找，终于在一间出租屋里找到了她。此时的徐丽目光呆滞，思维迟缓，手上腿上仍有青肿伤痕。母亲心痛，抱着女儿一阵哭。这时，在矿区打零工的罗二娃回来，见母亲要接走徐丽，以干涉婚姻自由为名竟要动粗。徐丽母亲打了110，警察了解情况后，说徐丽主动跟罗二娃在一起，一个愿打，一个愿挨，这种情况警方不便干涉。徐丽母亲没招了，只得继续在旅社住下来，慢慢做工作。

经不住母亲软说硬磨，徐丽答应与母亲暂时回家。母女商定，罗二娃脾气暴躁，只能悄悄地走。

见徐丽愿意离开罗二娃，徐母心情稍微好了点。那天，趁罗二娃上班，母女俩匆匆登上一辆去县城的车。可是，天有不测风云。在县城，徐丽不知哪股神经接错，借上厕所之际悄悄跑了。她会去哪里呢？徐母想来想去，肯定是回了矿区。于是，她在回来的车上，再次报警求救，说罗二娃对徐丽实施了精神控制。接电话的警察说："既然是精神控制，就要用心理干预的方法来处理，矿区医院有一个心理医生，你去找找她，看她有没有什么办法，这种事警察不能强行介入。"

下了车，徐丽的母亲没有去出租屋，就直接来找我了。

这是不是心理咨询的工作范围，不好说。但人家上门求救，我不能不管。

我说："意大利精神病学家泰巴拉认为，被所谓的爱情控制，实际上是患了一种叫迷恋失调的强迫症。患上这种心理疾病后，明知对方人品有问题，但就是离不开，因为一旦离开就会产生心理和生理上的不适应。"

我见她的表情有些迷离，似懂非懂的样子，意识到自己讲得稍微专业了，于是换了种说法："请别介意我打一个不恰当的比方。一条狗跟定一个主人，任主人打它、骂它、虐待它，它都不会离开。但这个主人人品实在太差，去赌博输光了钱，衣食无着落，于是将最后的财产，也就是这条狗杀来吃了。狗对主人的愚忠是动物的本能。如果人的行为也像狗一样，就成了一种病态。国内，有心理学家将这种病态称为犬性迷恋症。"

徐丽的母亲听懂了，知道女儿并非单纯的头脑简单，而是患上了某种心理疾病。她再次哀求我去救救她的女儿。虽然心理医生是不出诊的，但我这人有正义感，喜欢打抱不平，就同意去试试。其实，能否治好徐丽，我心里根本没底，犬性迷恋症不好治。

罗二娃的出租屋在矿区外围，这里污水横流，电线乱接，地面凹凸不平,整个条件只能用脏、乱、差来形容。我来矿区的时间不算短了,但这片"贫民窟"还是第一次来。

"徐丽,徐丽。"徐丽的母亲拍着门,大声喊道。

"别喊了,这明明上了锁。"我走向前说。

徐丽的母亲回过神,仔细一看:这个门是用木板拼凑而成的,极不规范,两把铁丝扭在一起形成门扣,中间的确有一把锁。她用手拉锁,拉不开。

看见她着急的样子,我说:"去问问邻居。"

问了几个邻居,有人看见徐丽回来;有人看见罗二娃背着一个包,急匆匆地出去,看样子要出远门;但没有人看见徐丽出去。

徐丽的母亲一脸焦急。看样子,下一步怎么办,她不知道了。

突然,我出现一种不祥的预感。我说:"报警,该报警了!徐丽很可能出事了。"

徐丽的母亲拨打110,接电话的仍是上次那个警察,但人家说你这是婚恋纠纷,不属于刑事案件,不愿出警。我一急,抓过电话说:"警察同志,我是矿区的心理医生,那罗二娃心理阴毒,此刻又有畏罪潜逃的嫌疑,人命关天,务必请你们到现场看看。"

警察来了,找块石头砸开了锁,一行人进屋。屋内一片狼藉,除了霉味还有一股淡淡的血腥味。床下,徐丽的尸体已僵硬,拖出来一看,头上有个伤口,流出的血已发黑、凝固。

后来的事情就不用详述了。

在作笔录时,有个警察问我:"你是怎么知道出事了?"

我回答:"推断。罗二娃本来就有虐待人的行为,徐丽回来后,他肯定勃然大怒,下手更没分寸。有人看见罗二娃背着包匆忙出门。他又把门上锁。很可能是他失手打死了徐丽,想逃跑。之所以如此推断,是我认为,在没有榨干徐丽最后一滴血之前，罗二娃是不会放手的。"

夏天

冬去春来，转眼间已到初夏时节。掐指一算，我到矿区已一年有余。男友几次三番打电话叫我回去。他没向我认错，也没到矿区来接我，本姑娘架子没摆够，还要继续与他"斗争"，不然招之则来，挥之则去，我成什么了？

上午上班路上，男友打来电话。几言不合，我们又顶起来。

男友说："你乐不思蜀了，是不是在那个山旮旯里找到了新男友？"

"我找到新男友了，你怎么知道？"我故意气他，"我们还没结婚，都有选择的权利。"

后来，我们又在电话里互撕一阵，走到单位就挂了。

我与男友就是这样，斗而不散，其实心里都装着对方，但谁都不想先低头。

今天第一个来访者有着一张明星脸，穿浅蓝色夹克，皮鞋锃亮，提着一个黄色公文包，一看就是有文化的人。真帅！这样的帅哥矿区难见。因为这里是工业企业，灰尘较重，矿区的人大多不注重着装细节，皮鞋几乎不擦。从打扮和气质上看，这个帅哥是外地的。

我没猜错，他叫夏天，是机械公司派到矿区出差的。

夏天说："我发现自己有点不对劲。我是那种爱思考的人，一天到晚必须琢磨点事，脑袋停不下来。以前睡觉不受影响，不觉得有多大问题。几个月前，晚上想问题，想着想着就失眠了。就算下半夜能入睡，梦也多。这段时间，中药、西药都吃过，但都解决不了根本问题。"

我问："你主要想什么事？"

他说什么都想。

我请他举个例子。

他说:"老家的房子改造,父母在家已经弄好了。我回去一看,觉得不满意,又不好当面说。再说农村有习俗,房子改造好了,不能马上推翻重来。我回单位后,反复想房子该如何改造,还思考了多套方案。我知道想这些没有任何意义,但又忍不住不去想。"

情况摸得差不多了,该我讲了。

我说:"据我分析,你患有强迫症。强迫症可以分为强迫思维和强迫行动。你患的病属于强迫思维中的一种,叫强迫性穷思竭虑,症状是对自然现象或既定的事实反复思考,明知毫无意义,却不能克制。"

"我怎么会得这种病?"夏天像在自言自语,又像在对我说。

"发病的原因有很多种,比如过度追求完美,性格内向,精神长期处于焦虑状态,以及遗传因素,都可能是诱因。"

"那怎么治疗呢?"夏天问。

我略为思考,答:"你这种情况,我建议药物治疗与精神治疗同步进行。精神医学认为,强迫症是脑内神经递质失衡,要吃一段时间抗强迫的药。至于心理治疗,就是在心理医生的帮助下,理顺内心的矛盾冲突,增强适应环境的能力。"

冥想

"你可以冥想,每天用半个小时冥想生活中的美好。但冥想要放得出去,也要收得回来。请你牢记,在大多数时间里,我们思维停放的地方,不是过去,也不是未来,而是当下。"我对夏天说,"现在我们训练一下,把思维收回来,放在当下。此刻,也就是当下,你正和秦医生聊天。"

第十五章
犬性迷恋症——心理医生与病人说不清的事

"秦医生，对于冥想，我基本弄懂了。这些年来，我冥想得最多的是两个故事。你能给我从心理学的角度解释一下吗？"

"可以，请讲。"

我是香港某大老板的儿子，三岁的时候被黑社会绑架，由于多种原因，交易不成功。黑社会见我是个孩子，撕票了他们一分钱也得不到，不如卖到内地赚两个小钱。于是，我被卖到内地一个非常贫困的家庭。我的童年与少年非常辛苦。

十多年后，绑架我的黑社会分子因其他事落网，供出了当年卖小孩的线索。亲生父母找到我，作了亲子鉴定，我又回到香港生活。

在香港，我努力学习，重温了中学知识，考上了美国一流大学。之后，我回国创了一番事业。

夏天强调，这个故事他想了多年，有若干版本，但主线差不多。他正要讲第二个故事。我叫停，让他先讲讲他的父母以及他的童年。

他生长于山区，父母是老实巴交的农民。从读高中开始，他就利用假期打工挣钱。靠国家贷款，他才读完大学。他刚参加工作，就每月寄钱回家。所以，他的生活比较节俭。

我问："你父母有没有精神方面的问题？"

夏天答："没有。"

我问："你小的时候是否受过虐待？精神上是否受过伤害？"

夏天答："小时，父母虽然挣钱不多，但对我很好。至于精神方面的伤害，好像也没有。"

我没有直接分析他的冥想故事，而是聊起了文学。

《聊斋志异》中，书生穷困潦倒，狐狸精变身美女，主动给书生当老婆，生活上关心、经济上资助，最后书生高中状元。此书中，类似这样的情节很多。作者为什么这样写？因为此书的作者蒲松龄是个穷书生，考不上功名，娶不上老婆。理想很丰满，现实很骨感。他当官和娶妻的愿望，只有通过文学作品来表现。

再看看《红楼梦》的写作动机。记得中学老师讲，曹雪芹写《红楼梦》是为了揭示封建社会的腐朽，预示着资本主义的萌芽。现在回头来看，当时的老师真扯。曹雪芹搞文学创作的时候，"举家食粥酒常赊"，穷得揭不开锅，才用作品来表达对现实的不满，以及对以前浮华生活的怀念。

讲完这两个文学观点，我停下来，让夏天有思考的时间。

"秦医生，你讲文学是想说明我对家庭条件不满，但对现实又无法改变，所以通过冥想来满足内心的需求？"

我伸出大拇指，点赞！然后说："你是一个完美主义者。你想你的一切都很完美，包括你的父母，但父母又不能改变，所以你只能靠冥想来求得精神上的满足。"

"秦医生，我的第二个故事就讲粗略些，因为道理和第一个故事一样。我老是冥想与某个现实中不存在的女人，如何刻骨铭心地相恋相守，互爱着对方。现在看来，我是对老婆有些不满，才会有如此冥想。"

我认真看了夏天一眼，心想，这人能举一反三，悟性挺高。好奇心促使我问道："你和你老婆是怎么回事，能讲来听听吗？"

夏天说："我与初恋相爱五年，因为她家反对最终没成，弄得我很受伤。失恋后，别人介绍我现在的老婆。我觉得条件差不多，相识三个月就结婚了。婚后很快有了孩子，天天柴米油盐，却没有多少共同语言。"

"哦。夏天，我想说生活总是平淡的，既然你已经结婚生子了，就面对现实吧！"我把话题又扯回来，"如果叫你不想，相当于洪水来了，用堵的办法治理。如果叫你接受现实生活中的自己，接受你父母妻儿，就是洪水来了，用疏导的方法治理。"

"我懂了，秦医生。"夏天用阳光般的笑脸看着我，换了个话题说，"我没想到，你这个心理医生，还有这么高的文学素养。我也爱文学，有时还写点东西。"

我学中文的，本想成为一名作家，但这话我没说出来。

我一直把夏天送出办公楼，才挥手告别。这样的殊荣，我的病人中只有他一人享有。为什么这样？不知道。

恋爱的感觉

由于设备要定期保养，夏天每隔十天半个月就要到矿区出差。每次，他都来找我。在我的心理辅导下，再加上吃了王医生开的药，他的强迫思维大有好转。从医患角度讲，他没必要进行心理咨询了，但他还是要来，我也盼望他来，可能是彼此吸引，心有灵犀。

有一次，我们聊的问题与心理咨询无关。

我说："你把咨询费交给医院，不如请我吃饭。"

夏天说："好啊。能请你吃饭，不仅是填饱肚子，而且是吃到精神食粮。"

就这样，我们超出了医患关系，私下有了接触。

夏天知识面广，我们聊文学、聊哲学、聊佛教，有说不完的话题。和他一起聊天，心灵是相通的，感觉是畅快的。举个例子，有一次我说喜欢罗素，他就接过话说："对爱情的渴望，对知识的追求，对人类苦难不可遏制的同情心，这三种纯洁而无比强烈的激情支配着我的一生。"这句名言也是我最喜欢的。我的心，好像又被青春触动了一下。

与夏天之间那种半朦胧、半暧昧，彼此心照不宣的恋爱感，让我眷恋不已。但要申明一点，我与他只是有恋爱的感觉，但并没有将话题挑明。

直到有一天，他给我写了封信，传到我的QQ信箱。

海心：

　　我的冥想加重，怎么都调整不过来。每时每刻，我都冥想你的身影。就算在高速公路上开车，你的面容也不断浮现在我眼前。和你在一起，开心快乐。刚分别，又想见，又准备了许多话题。现在睡眠也比以前差些。我发觉控制不了自己，才写这封信。请原谅！也许我现在该做的，是关闭爱的阀门，不再爱任何人。

于秋夜　夏天

　　看完这封信，我的理智与情感交织在一起。夏天再好，毕竟他是有妇之夫，我该拒绝他。于是，我写了封回信。

夏天，你好！

　　感谢你的来信，分享你的感觉。我承认，我喜欢你。这种喜欢的感觉像一块巧克力，吊着我的胃口。我们两个如把握不好，可能发展为情人关系。

　　我认为你现在该做的是放下。放下合情但不合理的感情。爱，可以继续，但爱的对象不是我，而是你的老婆，你的枕边人。这是我的原则与建议，尽管，你对此抱有一定的抵触和质疑。

　　很多时候，当爱的对象没有满足我们，我们就慌慌张张，或者斩钉截铁地说不爱了。我们为什么不反省，是爱的对象搞错了？前尘往事中爱的对象，如果错过，就要接受。

　　愿在今后的岁月中，友谊伴我们前行。

　　愿你终得幸福，满足。

诚祈　海心

第十五章
犬性迷恋症——心理医生与病人说不清的事

一半是海水,一半是火焰。一边是拒绝,一边是诱惑。虽然抛出我的定位和底线,但我知道,我的心里并不反感他。每一个周末,我盼望他来出差,盼望着他的身影出现,盼望着他那春风般迷人的笑脸。事后,夏天又多次发来邮件,表达对我的爱慕与对他妻子的不满,还时常趁出差检修机器时来与我聊天。我也从朋友的角度对他进行开导,但依旧能感觉到他对我的依恋。

犬性与移情

几个月过去,好像转眼间万物铺绿,春天来了,到处呈现勃勃生机。

楼虹递进来一个挂号单子,我一看名字,夏天。他又来了!他来做什么?

我还没反应过来,夏天已出现在门口。我见楼虹在场,立马堆着笑容说:"帅哥,好久不见。"

夏天满脸轻松,略带笑容。凭感觉,他不是来找我闹,也不是来找我复仇的。我心里的石头放了下去。楼虹出去后,我们相视一笑。

他说:"我今天来,是想与你探讨一下心理学知识。"

"哦,好,请讲。"

夏天坐下后,说:"我对你产生爱慕,是一种不太正常的情感。我觉得自己患了病,是什么病呢?"

"这个我想想。"不知为什么,我并没爱上他,但他真的出现时,我还是有几分兴奋,"我找不到一个很恰当的心理学概念,但有一种病,叫犬性迷恋症,不知是否适合。"

"不适合。"夏天说,"这段时间,我看了不少心理学书籍,犬性迷恋症我也知道，与我的症状相似，但我得的不是这种病。"

夏天从公文包里拿出一本书说："这本书叫《精神分析引论》，作者是弗洛伊德。本书二十七章讲的是移情作用，完全适合于我。我读一下。"

通常情况下，病人只会关注自己的精神问题是否得到解决，然而往往到后来他们会对医生产生某种特别的情感。他们时刻关注医生的一举一动，仿佛这比他们自己的病情更为重要……

在治疗过程中，当病人和医生关系和睦时，病人的病情往往也会好转很快……

如果一名少妇没有离婚，而为她治疗的医生又没有妻子，那么少妇极有可能会对医生产生一种强烈的情感，宁愿离婚也要与他在一起。即使这种事情没有可能，少妇也会死心塌地地爱着医生。这种情况对于我们一般人来说，的确是难以理解的。然而，在精神分析领域，这种情况随处可见。

对于这种情况，或者说这种存在的事实，我们称之为移情作用，大意就是病人将某种情感转移到了医生身上。由于无法从治疗过程中发现这种情感的起源，因为我们不得不怀疑，这种情感实际上早就存在于病人的内心，只不过借助治疗的机会将其转移到医生身上。

移情作用在治疗伊始便在病人内心中形成了，它是病人内心强大的推动力。正因为有这种推动力，病人才积极配合医生，使医生所做的治疗能顺利进行下去。反过来说，如果移情作用形成一种抗力，那就肯定引起人的注意了。这种抗力改变病人对治疗的观念，从而引起两种截然不同的心理：一种是对于医生的爱慕感太强烈，以致产生了性冲动，因此引起一种抗力来克服；第二种就是友爱之情转变为敌视之情。这种敌视情感的发生，常紧随友爱情感之后，并且以友爱情感为掩饰……

当移情作用发生了，医生所面临的任务不仅是治疗旧症，而还要诊治新产生的被改造过的精神病了……如果旧症和新症一起治好，医生的治疗才算完成。

移情作用在臆想症、焦虑症、强迫症等精神病治疗上，可以说有着十分重要的作用，所以，这些精神病也可以称为"移情的精神病"。

我静静地听他读完后说："我完全赞成你的，或者说是弗洛伊德的观点。其实，问题的关键，是你和我之间的关系。对心理医生的爱慕和仇恨，这两种情感你都经历、体验了。你自己找到原因，从心理阴影中走出来，这很好。"

送他走的时候，我说："握个手吧！"

他开玩笑的口吻说："不拥抱了？"

我含笑不答。

夏天伸出手，我也伸出手，握在一起。我感觉到了他的温暖、理智，以及他对我那种不能言说的吸引力。

夏天，我非常特殊的病人。第六感觉告诉我，我与他还会见面。

后记

当记录完夏天的故事，我一看表，深夜十一点了。窗外蝉鸣声声，提醒我，又到了一个盛夏的季节。时光匆匆，我到矿区两年有余。

男友这段时间把我逼得很紧，说他有追求者了，若我再不回去就只有分手。很明显，这是他的最后通牒。我也要理解他，一个男人与女友两年多没见面，无论是心理还是生理都受不了。但他是否理解我呢？有时打电话来，还是对我凶巴巴的，好像错误全在我。我暗示他来接我，他也没来。其实，我要的不多，只要他一个姿态，几句软语。但他就是不给我，致使我们僵持着。

我的爱，我的婚姻，我的人生将何去何从？

宋伟表达了要我长期留下来的意愿，医院已给我加了工资。但我知道，矿区只是练兵的场所，并非我的归宿。

说这些的目的是想表达，包括心理医生在内的所有人，都会有烦恼与忧愁，如不注重调节，都可能出现各种心理问题。

本书中的单位和个人皆为化名，切莫对号入座。